12ª Edición

Andanzas del Lazarillo de Tormes

Concha López Narváez

Basado en la obra original: *Lazarillo de Tormes*

Prólogo: Luis Mateo Díez

Ilustradora: Alicia Cañas

MARA EXNER 6º E.P.

A Hugo y Pablo,
mis nietos, nuestros niños,
que han tenido la suerte
de nacer en una familia
donde el cariño sobra.

Primera edición: febrero 2006
Segunda edición: octubre 2006
Tercera edición: abril 2008
Cuarta edición: noviembre 2008
Quinta edición: julio 2010
Sexta edición: enero 2011
Séptima edición: mayo 2012
Octava edición: febrero 2013
Novena edición: febrero 2014
Décima edición: marzo 2015
Undécima edición: febrero 2016
Duodécima edición: febrero 2018

Juan Ignacio Luca de Tena, 15
28027 Madrid
www.brunolibros.es

ISBN: 978-84-216-9216-5
Depósito legal: M-4488-2011
Printed in Spain

Dirección del Proyecto Editorial: Trini Marull
Dirección Editorial: Isabel Carril
Edición: Begoña Lozano
Diseño: Inventa Comunicación
Ilustración: Alicia Cañas
Actividades: Natalia Bernabeu

Prólogo

Lázaro de Tormes es un chico avispado que tiene que aprender muy pronto a vivir por su cuenta.

Recuerdo que lo conocí cuando también yo era un niño, en las lecturas de la escuela de mis primeros años. Conocer a Lázaro, el Lazarillo, uno de los grandes personajes de nuestra literatura, siendo, a la vez, uno de los más pequeños, un chico que tiene que ingeniárselas para comer cada día y cuidar de sí mismo, fue algo muy importante, y estoy seguro de que lo va a ser para quienes estáis a punto de conocerlo.

Hay muchos héroes y niños valerosos en los cuentos y en las novelas. Los hay que parecen destinados a correr las más fantásticas aventuras. Hay menos que tienen como aventura fundamental la de poder vivir, la de ganarse su existencia, en un mundo que, como el de Lázaro, no va a ayudarles a superar las dificultades.

La aventura del Lazarillo, las andanzas que se cuentan en este libro, no pertenecen a la fantasía y, sin embargo, no son menos arriesgadas y emocionantes. Lázaro es un chico solitario, perdido en la vida, que tiene un especial ingenio, un sentido de la realidad y una voluntad que le ayuda a no darse por vencido.

Para vivir, para sobrevivir, no le queda más remedio que observar lo que hay a su alrededor, que buscar y conocer y urdir las estratagemas para obtener lo que necesita, fundamentalmente el sustento. Es un pícaro; podemos decir que la suerte o la desgracia le hace ser eso: un pícaro, alguien a quien nuestro Diccionario define como astuto, taimado, ingenioso.

Las andanzas de Lázaro me parecieron tan tristes como divertidas y siempre emocionantes y sorprendentes. Es muy difícil conocerlas, acompañarle en tantas situaciones apuradas, pasar con él un rato de lectura, y llegar a olvidarle. Es uno de esos personajes que jamás se olvidan, tal vez porque la vida y sus dificultades, las aventuras que hay que superar desde la orfandad y la pobreza, pueden calar más hondo en nuestro corazón y en nuestra memoria que las más fantásticas.

Lázaro tiene ese punto de gandulería entrañable que nos lo hace más cercano. Será una excelente experiencia conocerle, sentirlo al lado, tenerlo por un amigo de un tiempo muy lejano, de una España muy lejana. Y luego, más adelante, volver a su compañía en el libro clásico donde nos cuenta, con su propia e irrepetible voz, su vida. Será como si después de este primer encuentro os quede pendiente la cita definitiva para que jamás le podáis olvidar.

LUIS MATEO DÍEZ
de la Real Academia Española

Introducción

El libro que vais a leer está basado en una de las más importantes obras de la literatura española. Se titula *Lazarillo de Tormes* y se publicó hace muchísimos años, en 1554.

Su autor es anónimo, lo que quiere decir que desconocemos su nombre.

En esta historia se habla de un niño, Lázaro, que nació en Salamanca, justo al lado del río Tormes.

Era muy pobre y desde pequeño tuvo que buscarse la vida por sí mismo.

No vivió en un mundo feliz; pero era listo e ingenioso y se las arreglaba para salir adelante. Por eso, el libro en el que se habla de él a veces es triste, pero nunca es aburrido, incluso llega a tener momentos divertidos.

El *Lazarillo de Tormes* fue escrito para los mayores; sin embargo, hay en él muchas cosas que pueden interesar a los niños, porque un niño es su protagonista.

Ese es el motivo por el cual voy a hablaros de él. Lo haré a mi manera, y con palabras sencillas para que, ahora, podáis entenderlo todo fácilmente.

Pero os pido que más adelante, cuando os convirtáis en hombres y mujeres, volváis a leerlo de nuevo, pues así acabaréis de comprender del todo a Lázaro de Tormes, un niño que siempre vivió solo.

Deseo que lo paséis bien con la lectura de este libro; pero no se os olvide pensar que muchas de las cosas mal hechas que Lázaro hizo fue porque casi todos lo trataron sin justicia y sin cariño, y porque desde muy chiquito no recibió otra cosa que malos ejemplos.

Pensad también que todavía hoy, a principios del siglo XXI, hay niños en el mundo que son tratados como lo fue Lázaro. Quizá por eso, algunos se portan como él.

Capítulo I

Lázaro de Tormes

Lázaro de Tormes fue hijo de Tomé González y de Antonia Pérez; él mismo nos lo dice.

Tomé era molinero y vivía con su mujer al lado del río Tormes, muy cerca del molino en el que trabajaba.

El Tormes pasa justo a los pies de la ciudad de Salamanca, y, en aquellos tiempos, había en sus orillas, además de molinos, huertas, praderas y bosques de chopos y de álamos.

Pues bien, cierta noche de hace quinientos años, más o menos, a Lázaro se le ocurrió asomarse a este mundo, precisamente allí, junto al agua; fue por eso por lo que todos le llamaron Lázaro de Tormes.

Cerca del río vivió hasta los ocho años, tranquilamente, según parece. Pero a partir de entonces las cosas cambiaron: a su padre lo acusaron de quedarse con una parte del grano que molía por encargo, y dio con sus huesos en la cárcel. Después se fue a la guerra y en la guerra murió.

Y esto es todo lo que Lázaro nos cuenta de su primera infancia.

Pero parece poco, porque para cualquier niño ocho años es muchísimo tiempo, y en ocho años ocurren muchas cosas.

Lázaro, sin embargo, apenas dice nada. Por lo tanto, tendremos que leer entre líneas.

Leer entre líneas significa que hay cosas en los libros que se entienden aunque no estén escritas.

Por ejemplo, se entiende que Lázaro nacería en verano o quizá en primavera, y que la noche en la que vino al mundo tenía que ser serena y clara.

Todo esto podemos comprenderlo porque él mismo dice que esa noche su madre no se encontraba en casa, que había ido al molino, y que, justo por eso, él fue a nacer casi dentro del agua.

Y también porque ¿a quién se le puede ocurrir pasear junto al Tormes cuando hace frío o llueve? Y ¿qué mujer sale de casa sola si la noche está oscura…?

Y también entre líneas se lee que Lázaro, en eso de nacer, se dio demasiadas prisas: de haber tenido tiempo, su madre hubiera vuelto a casa.

En fin, son cosas que pueden entenderse fácilmente; sin embargo, aún sabemos muy poco de la infancia de Lázaro. Pero yo imagino que su vida sería como la de cualquier niño de entonces que viviera con sus padres en una casa humilde, muy cerca de un molino, justo al lado de un río.

En resumidas cuentas, la de Lázaro sería una niñez corriente. Si no lo hubiera sido, él nos lo habría dicho, porque, como ya se irá viendo, nos cuenta muchas cosas de su vida; pero, curiosamente, solo desde el momento en el que se aleja de su primera casa, del molino y del Tormes, para ir a vivir con su madre a Salamanca.

Por eso, si queremos saber un poco más de aquellos ocho años, pensemos o imaginemos algo de las corrientes vidas de los niños corrientes de esos lejanos tiempos.

Y ahora, puestos a imaginar, imaginemos lo que debió de ocurrir unos minutos antes de que él naciera:

La luna ilumina las orillas del Tormes, y una mujer pasea o, al menos, camina despacio. De poco en poco, se acaricia el abultado vientre. Quizá se encuentra rara; cualquier mujer lo está cuando su hijo se dispone a nacer. Pero ella todavía no lo sabe; si lo hubiera sabido, se habría quedado en casa.

Muy cerca, las ruedas del molino se agitan en el río y el agua suena alegre, o quizá solo sea que la mujer la oye alegremente.

Dentro de la aceña, su marido aún está trabajando. Da igual decir molino o aceña, las dos palabras significan lo mismo.

¿Tomé trabaja todavía…? Pero si ya es de noche… Pues sí, todavía trabaja; un molino se mueve a cualquier hora mientras quede un puñado de grano, porque si no se mueve, los labradores se llevan el trigo o la cebada a cualquier otra parte. El pan es necesario cada día, y se hace con harina y con agua.

Antonia no entra en el molino, desde la puerta grita:

–Tomé, ¿te falta mucho?

Y Tomé no la oye o, al menos, no contesta.

«Pues ya terminará», piensa Antonia, y va a sentarse en el banco de piedra que está pegado al muro.

Esperando, contempla Salamanca a la luz de la luna: la vieja catedral y algunas casas altas se reflejan en el fondo del río; parece que en el agua hay una ciudad encantada.

El canto de los grillos se une al croar de las ranas. «¡Qué noche tan tranquila y tan bonita!», suspira Antonia.

Y ¡de pronto!... ¿Qué es eso que ha sentido? Parece que... Pero no puede ser, si aún quedan diez días por lo menos.

Sin embargo, ¡lo es! Antonia se levanta de un salto y se vuelve a sentar.

–¡Tomé...! –llama angustiada, y después se sujeta el vientre con las manos: un dolor, y otro y otro... Seguidos, y tan fuertes que apenas si puede respirar.

Pero si le habían dicho que los primeros partos siempre eran muy lentos...

–¡Ay, Dios mío...! –Antonia ahoga un grito.

No le gusta quejarse, por lo menos en alto... Otro grito callado... y después... poco tiempo después, en la noche serena va a clavarse un llanto claro y alto: es un llanto de niño, el llanto de entrar en este mundo.

Ya está aquí el impaciente Lázaro. Y ha nacido con los puños cerrados y los ojos abiertos, lo que quiere decir que está dispuesto a luchar por la vida desde su primer día, y cueste lo que cueste.

¿Y después de esa primera noche?

Pues después de esa noche yo me imagino a Lázaro en distintos momentos.

Por ejemplo, hacia los cuatro años lo contemplo corriendo sobre la arena húmeda.

Su madre lo sigue con la vista y grita:

–Lázaro, no te acerques al agua, ni se te ocurra.

El pequeño Lázaro menea la cabeza y no se acerca al agua, ni se le ocurre, porque bien sabe él, por amarga experiencia, que su madre tiene las manos largas, aunque ni más ni menos que cualquier otra madre.

Hace quinientos años, la vida era dura y difícil, y nadie tenía tiempo de decirles a los niños, con palabras cariñosas y amables, que hay cosas peligrosas o malas; simplemente les decían: «¡No hagas eso!», y si alguno lo hacía, lo molían a golpes y todos tan tranquilos, menos el niño, claro.

Cuatro, cinco, seis años. La vida de Lázaro de Tormes tenía que ser sencilla y bastante feliz: jugar, dormir, comer… y casi nada más.

Sus juegos serían sin juguetes; tendría, eso sí, un caballo de palo, y su espada sería la rama de algún árbol, y quizá tuviera una pelota hecha con viejos trapos.

Jugaría a las guerras y haría un castillo en la arena, con almenas y torres, y también jugaría a perseguir a otros y a esconderse…

Jugaría mucho tiempo, que el día era muy largo.

¿Y el colegio? ¡Bah!, de eso no había que preocuparse: los niños pobres no iban al colegio.

¿Y comer? ¿Qué comería Lázaro?

Hacia los cuatro años comería lo que todos: un potaje de habas, chorizo y pan, pan y chorizo; de cuando en cuando, un pedazo de queso, tocino a todas horas, y, muy de tarde en tarde, un huevo con morcilla… ¿Y leche? ¿Hacia los cuatro años? Puede que alguna vez, si el padre tenía cabras.

¿Y las ropas? Una camisa vieja, que alguna vez fue blanca, y un pantalón oscuro y remendado.

Y todo con arreglos de las ropas que el padre desechaba.

Eran feas y gastadas; sin embargo, tenían una ventaja: que, cuando se manchaban, a nadie le importaba.

Después, solo un poco después, hacia los siete años, su padre lo llevaría al molino, eso es casi seguro, porque entonces los niños trabajaban; no todos, por supuesto.

Yo me imagino a Lázaro rebozado en harina, completamente blanco, igual que un fantasmita.

Y lo veo acarreando sacos: los pequeños se los echa a la espalda, los grandes los arrastra. De cuando en cuando, sale al patio y cuida de los burros de los que llevan sus costales de grano al molino.

–Lázaro, no lo pierdas de vista, que es hijo del diablo y se come la cuerda –le dice un labrador.

–Que no se acerque al mío, que es un borrico santo. Cualquiera lo cocea y él no le contesta a nadie –añade otro.

¡Cuidar asnos! Eso le gusta a Lázaro. No hay más que contemplarlo: acaricia sin miedo lo mismo al santo que al hijo del diablo, y a los dos les dice secretos a la oreja... Después, ¡zas!, un salto silencioso y cae, suavemente, sobre el lomo de uno de los burros. ¿De cuál? Pues da lo mismo, porque enseguida baja y monta sobre el otro. Pero siempre en silencio, y con un ojo clavado en la puerta del molino por si saliera alguien.

También le gusta a Lázaro, cuando no está su padre, trepar sobre los sacos apilados; seguramente piensa que escala una montaña. Pero tampoco puede descuidarse un momento, porque si se descuida lo va a pagar bien caro.

Así es un día de Lázaro: trabajar sin protestas. Y ¿a quién va a protestarle...? Además, él lo ve natural, ya tiene siete años, y hay que arrimar el hombro, que la vida está cara, y él come lo mismo que su padre, o al menos eso dice su madre.

Por otra parte, también hay ratos buenos: además de los juegos a escondidas, cuando regresa a casa cada tarde, se

da un baño en el río, para quitarse el polvo del molino. Es un baño muy corto, pero dentro del agua se siente tan libre y tan dichoso como los propios peces.

En fin, más o menos así sería la vida de Lázaro de Tormes hasta los ocho años, una vida corriente, ni mejor ni peor que la de cualquier niño pobre de aquel tiempo.

Capítulo II

Adiós al río

Lo que voy a contar ahora muy bien pudo suceder así, o por lo menos de forma bastante parecida. Lázaro solo dice que un día, cuando él tenía ocho años, a su padre lo acusaron de quedarse con algo del grano que molía, y que no lo negó, de modo que por eso fue a parar a la cárcel.

Una vez más parece que es muy poco lo que cuenta, porque aquello tuvo que ser muy duro para él, y, en todo caso, le cambió la vida por completo.

Por lo tanto, como él no dice apenas nada, de nuevo imaginemos.

Imaginemos un día cualquiera, en el que Lázaro estaría, como siempre, en el molino.

¿Dentro o fuera?

Pensemos que está fuera, cuidando de los asnos y, por tanto, contento. Quizá esté soñando, montado sobre alguno de ellos. Y en su sueño, el burro se convierte en caballo y se llama *Babieca,* y él deja de ser Lázaro para ser ¡el Cid Campeador!: «¡Al ataque, *Babieca,* entramos en batalla...!». Todo esto en silencio, y con un ojo clavado en el molino y las orejas de par en par abiertas.

Y de pronto, ¿qué es eso...?

Lázaro despierta bruscamente y salta de ese asno que antes era *Babieca.* De puntillas se acerca a la puerta de la aceña y escucha, sorprendido e inquieto: su padre y el dueño del borrico discuten, y con gran violencia, le parece.

–¡Retira tus cochinas palabras ahora mismo o te las tragas todas!

–¡Más fácil será que te las tragues tú, Tomé González, mezcladas con el grano que me robas!

–¡Yo no te robo nada!

–¡Tú nos robas a todos!

–No me llames ladrón, que te parto la cara.

–¡Hijo de mala madre! Anda y ven si te atreves.

El asustado Lázaro empuja la puerta del molino en el momento justo en el que los dos hombres se enzarzan a golpes. Los contempla un momento con ojos aterrados, y después intenta separarlos. Pero es inútil, ni siquiera lo oyen, ni siquiera lo sienten.

Entonces Lázaro corre desesperadamente hacia su casa:

–¡Madre, madre! ¡Que se van a matar! ¡Que parecen dos locos! ¡Que son como fieras! –exclama sin aliento, y luego, como puede, explica lo que pasa.

Cuando la madre y el hijo entran en el molino, hay otros labradores separando a los que se pelean.

–¡Tomé nos quita a cada uno una porción de grano! –les grita furioso el labrador a todos los demás.

–¡Miente! ¡Os miente el miserable! –se defiende Tomé también a gritos, y con no menos furia.

Lázaro los oye con miedo y con asombro, y piensa: «Son lo mismo que dos perros rabiosos». De pronto detiene la mirada en uno de los ojos de su padre: «¡Por Dios, cómo se hincha! Si se le está cerrando... ¡Virgen santa, si se parece a un sapo! Pues anda que la nariz del otro...! ¡Madre de Dios, no es una nariz cualquiera, es una berenjena!».

No se quiere reír; después de todo, aquel ojo de sapo pertenece a su padre; pero la berenjena no es nada suyo, sino del labrador que acaba de acusarlo falsamente, y de ese puede reírse. Ojalá se le quede esa nariz para toda la vida, ¡o no!, que le crezca y le crezca...

Está pensando en una gran nariz y en un hombre más pequeño que ella, y al pensarlo se olvida unos segundos de todo lo demás, cuando, de pronto, escucha a sus espaldas una voz terrible que suena como un trueno.

–¡A ver! ¿Qué ocurre aquí?

Y enseguida, antes de que pueda volverse, una mano de hierro lo agarra por el hombro y lo aparta bruscamente de la puerta.

Ha llegado la autoridad. Son dos alguaciles, grandes, fuertes y serios, con armas en las manos.

Con su presencia se hace un gran silencio; pero dura solo un segundo, porque inmediatamente habla todo el mundo a la vez.

–¡Que callen todos! –ordena uno de los dos alguaciles, y regresa el silencio.

Después los dos preguntan, y escuchan las respuestas.

Y, por último, buscan en el molino y lo revuelven todo.

El padre está muy pálido; y la madre, furiosa; pero ninguno habla.

Lázaro no sabe qué pensar, y contempla curioso a los dos alguaciles. De pronto, sus ojos se abren como platos: en el suelo, debajo de la paja, han encontrado algo: ¡la trampilla de un sótano…! ¡Hay un sótano debajo de la aceña, y él no sabía nada…! ¡Pero el sótano no se encuentra vacío…! De él sacan los alguaciles unos sacos de grano. No son muchos, Lázaro no los sabe contar, quizá sean seis o siete.

Antonia ahoga un grito. Tomé, blanco como la leche, agacha la cabeza. Los labradores braman, igual que toros bravos.

Lázaro no lo entiende del todo; pero su madre llora, y los dos alguaciles se llevan a su padre prisionero. ¡Algo terrible pasa!

Cuando todos se marchan, Antonia y Lázaro vuelven despacio a casa. De repente, el día se les ha oscurecido y ya nada es lo mismo, ni el río, ni la aceña, ni las huertas, ni la ciudad a lo lejos… ¡Nada!

–¿Volverá pronto, madre? –pregunta el niño en voz baja.

Ella encoge los hombros, y de repente estalla, y entre sollozos dice:

–¡Ay, Dios, qué mala suerte! ¡Y qué hombre tan necio...! Pero ¿a quién se le ocurre esconder esos sacos en el mismo molino? Si me lo hubiera dicho, los habríamos ocultado en nuestra propia casa... Y si no, ¿por qué no los vendió de uno en uno? ¡Qué bobo! ¡Qué inútil! ¡Qué sin seso! Si solo hubiera sido un poquito más listo, ahora no estaríamos como estamos.

Pero Lázaro piensa: «Si padre no le hubiera quitado un poco de grano a tanta gente, ahora tampoco estaríamos como estamos». Sin embargo, no dice una palabra, pues nunca se le olvida que su madre tiene las manos largas; además, quizá tenga razón, se lo ha dicho mil veces: «¡Calla la boca, niño, que tu padre y tu madre ya saben lo que hacen!».

Bien, hasta aquí todo es imaginado. Imaginado, sí; pero no inventado, pues lo que yo imagino viene directamente de pensar en lo poco que Lázaro nos cuenta.

Por ejemplo, pienso que si alguien acusó a Tomé de quedarse con parte de su grano, este lo negaría, y entonces, seguramente habría una gran discusión, porque eso es lo natural, lo que sucede siempre, o casi siempre.

También pienso que ese grano que hurtaba lo tendría escondido y que alguien lo tuvo que encontrar, puesto que confesó. Y, ¿quién sería ese alguien? No creo que cualquiera, pues Tomé no iba a permitirlo, sino la autoridad, es decir, lo que hoy se llama policía y entonces se llamaban alguaciles.

Y, por supuesto, pienso que Lázaro estaría asustado; pero, como era un niño, también le asombraría el ojo hinchado de su padre y la gran berenjena que el otro tenía en la nariz.

En fin, casi todo es así; se trata de pensar, sencillamente.

Y ahora, sigamos con la historia, que, a trozos, también va a ser imaginada; pero nunca inventada.

El padre no regresó jamás.

Al salir de la cárcel, alguien lo condenó al destierro.

–¿Qué es el destierro? –pregunta Lázaro a su madre.

–Es tener que marcharse, y quedarse sin casa y sin trabajo, sin tierra, sin mujer y sin hijos. El destierro es quedarse sin nada.

El corazón de Lázaro se encoge, y tristemente piensa que por haber robado un poquito de allí y un poquito de allá, y nunca mucho a nadie, le parece un castigo demasiado grande.

Estando en el destierro, Tomé se fue a la guerra, y en la guerra murió.

Y Antonia dijo a Lázaro:

–Ha muerto como un héroe.

Entonces se marcharon. Un molino de agua no era un buen lugar para una mujer sola y un niño de ocho años.

Tuvo que ser muy triste para Lázaro. Y tampoco dice nada; sin embargo, que se imagine alguien que un mal día ha de dejar su casa para siempre, esa casa querida en la cual ha vivido desde el día en que nació.

Y que la dicha casa está en medio de una inmensa pradera, porque el campo es exactamente eso, un gran prado sin vallas, y, además, desde la misma puerta se puede ver un río que corre alegremente, y en ese río hay peces, patos y muchísimos pájaros que bajan a beber, y en las orillas las arenas son suaves y blancas, y se puede correr descalzo sobre ellas.

Y todo eso es tuyo, y de pronto lo pierdes.

Ya sé, ya sé que todo no era solo de Lázaro; pero tampoco era solo de alguien, por tanto era de todos, y las cosas de todos son mucho más de aquel que más las ama.

En fin, Lázaro era un niño del río, casi nació en el agua, y tuvo que dejarlo; debió de dolerle mucho, pero del río se llevó para siempre su sobrenombre: ¡Lázaro de Tormes!

Capítulo III

En Salamanca

«Mi madre alquiló una casilla en la ciudad y se puso a guisar para ciertos estudiantes, y, además, a lavar las ropas de algunos mozos que cuidaban los caballos del comendador de la Magdalena…».

Así nos cuenta Lázaro los comienzos de su vida en Salamanca, y, leyendo otra vez entre líneas, entendemos que aquellos primeros tiempos tuvieron que ser difíciles: Antonia trabajaba de la mañana a la noche, y Lázaro, para empezar, se sentiría agobiado en su nueva vivienda, que era pequeña, seguramente oscura y quizá miserable, pues por algo la llama él «casilla». Me imagino que, al principio, Salamanca se le vendría encima y echaría tan en falta las orillas del Tormes que, algunas veces, le buscaría las vueltas a su madre y correría como un galgo hasta llegar al río. No estaría mucho tiempo, el suficiente para llenarse de aire los pulmones, sentir la caricia del agua en los pies y echar una mirada triste a su casa cerrada y a aquel molino, tan quieto y silencioso que parecía un fantasma.

Sin embargo, poco a poco, Lázaro se iría acostumbrando a Salamanca, porque los estudiantes solían ser alegres, y en más de una ocasión llenarían la casilla de cantos y de risas, y quizá algunos bailarían a la puerta mientras otros tocaban las guitarras.

Y, además, alabarían las comidas de Antonia y al hijo de su madre, que era el que se las servía, porque es seguro que Lázaro ayudaba, y, como era listo y rápido, tendría contento a todo el mundo: «Este guiso está para chuparse los dedos, Antonia...», «Resucita a los muertos...» y «Este niño tuyo vale su peso en oro...».

En fin, que, poco a poco, el pasado se fue quedando atrás, y Lázaro bajaría mucho menos al río. Había muchos motivos; pero el mayor de ellos era cierta preocupación que de pronto tenía. Él mismo nos lo cuenta, más o menos así:

«Sucedió que, de ir y venir a las caballerías para recoger ropa sucia y devolverla limpia, mi madre entró en conocimiento con uno de los hombres que cuidaba a los animales».

El tal hombre tenía la piel oscura, el aspecto hosco y se llamaba Zaide. A Lázaro le traía a mal traer la amistad que iba estrechando con su madre. Él mismo dice que aparecía en su casa a cualquier hora y con cualquier excusa, y que, al principio, eso no le gustaba, incluso le tenía algo de miedo.

Yo me imagino a Lázaro, asomado a la puerta, sin abrirla del todo:

–¿Está tu madre, Lázaro? –pregunta Zaide con voz segura y bronca, como si Antonia ya estuviera esperándolo.

–Está y no está, porque anda ocupada... –responde Lázaro, casi tartamudeando.

–¿Está o no está? –ruge aquel hombre de piel oscura y voz de oso.

Y entonces aparece Antonia y pregunta:

–¿Qué es lo que pasa, Lázaro? –y enseguida abre de par en par la puerta y exclama alegremente–: Ah, pasa, pasa, Zaide.

Y el tal Zaide, riendo, le pone a Lázaro su manaza en el hombro, y entra en la casa como diciendo: «Entérate, ratón, que tu madre a mí siempre me recibe».

El pobre Lázaro agacha la cabeza, se come los puños... y se aguanta la rabia como puede, porque ya sabe que aquel hombre se va a quedar en casa muchas horas, quizá hasta pase la noche.

Y así, más o menos, debió de ser cómo, poco a poco, el mozo de caballos se fue apoderando de su madre y también de su casa, hasta que llegó a entrar en ella sin preguntar; pero también, poco a poco, los sentimientos de Lázaro fueron cambiando.

Sucedió que Zaide casi nunca llegaba con las manos vacías, de modo que sobre la mesa de pronto aparecía un pedazo de carne, un chorizo, un trozo de queso o de tocino... y pan, todos los días, pan doradito y tierno.

Además de todo eso, Zaide también llevaba a casa buenos troncos de leña para encender el fuego.

Fue por eso por lo que Lázaro cambió de opinión, y seguramente se diría a sí mismo: «Después de todo, mi madre siempre será mi madre, y, además, desde que está con él tiene mejor humor».

Pero algo más que comida y leña les trajo aquel oscuro Zaide; Lázaro lo expresa como sigue:

«Con tantas idas y venidas y tantas conversaciones, mi madre me dio un negrito muy bonito, al que yo brincaba y ayudaba a calentar».

Pues aquí tenemos ahora a Lázaro cuidando a un hermanito, y, según parece, de bastante buen grado, ya que no dice: «Mi madre tuvo un hijo negro», sino «me dio un negrito», lo que quiere decir que lo consideraba algo muy suyo.

Y añade «al que yo brincaba», que es lo mismo que hacerlo saltar sobre sus rodillas, o sea, que jugaba con él, y jugar es algo voluntario y agradable.

Y, por último, también dice que lo calentaba. Dar calor significa dar cariño. Si le das a alguien un poco de tu calor, le das algo de ti.

Yo me imagino a Lázaro con su hermanillo negro entre los brazos, haciéndole cosquillas, llevándolo a caballo o acunándolo hasta que se dormía.

Y él estaría allí cuando diera sus primeros pasitos, y escucharía sus primeras palabras y reiría sus gracias.

Y esto de reírle las gracias no es que yo lo imagine, es el propio Lázaro el que nos cuenta una de ellas:

«Recuerdo que un día mi padrastro quiso jugar con su hijo; pero el niño huía de él, y eso era porque lo veía negro y a mi madre y a mí nos veía blancos, de modo que corría hacia ella diciendo: "¡Madre, coco...!". Y mientras nos reíamos, yo miraba la cara oscura de mi hermanito y pensaba: "Cuántos habrá en el mundo que huyen de los otros porque no se ven a sí mismos"».

En fin, por lo que parece, Lázaro de Tormes en aquel tiempo volvía a ser feliz.

Sin embargo, la felicidad no duró demasiado, pues de nuevo la mala suerte apareció en su vida. Y de nuevo oyó gritos de protesta y acusaciones, y vio marchar a alguien entre dos alguaciles.

Este alguien fue Zaide.

Lo acusaban de hurtar una parte de la cebada que daba, o debía dar, a los caballos, y algunas de las mantas que debían abrigarlos en los días de frío, y también lo acusaban de quedarse con clavos, herraduras y otras cosas pequeñas...

De la venta de todo salían la carne, el tocino, el queso, el chorizo y la leña, y las cosas del niño.

Habiéndose probado los delitos, Zaide fue condenado a la pena de azotes «pringados», lo que quiere decir que le untaron las heridas con tocino derretido, para así hacerle mayor daño.

A Antonia Pérez le dieron cien azotes, sin pringarla, pues dijeron que había sido su cómplice.

Y, sobre todo, la Justicia ordenó que Antonia y Zaide no volvieran a verse.

Por segunda vez en su vida, Lázaro se encontró a solas con su madre, y por segunda vez pensó que la Justicia imponía, a algunas gentes, castigos demasiado grandes.

También por segunda vez tuvieron que dejar lo poco que tenían; así, dejaron la casilla para ir a un lugar más triste y más oscuro, y Antonia dejó de hacer comidas y lavar ropas, y se puso a servir en un cierto mesón en el que entraban huéspedes, tanto de los de dormir como de los de comer.

Allí tiraron de la vida ella y sus hijos. Antonia guisaba, lavaba, limpiaba, fregaba, hacía camas... Y Lázaro cuidaba al hermanito y hacía recados, de esos de ir a comprar vino, o cera o candelas, o lo que hiciera falta, y a quien se lo pidiera.

En resumidas cuentas, que la historia de Lázaro se torció nuevamente cuando no lo esperaba; sin embargo, nunca perdió los ánimos del todo, primero porque nació con los puños cerrados y los ojos abiertos, es decir, que tenía gran carácter, y después porque ya había aprendido que en este mundo las alegrías se van lo mismo que han venido, pero pueden volver.

Y en ese punto estamos, Lázaro en el mesón, esperando que la suerte le sonría de nuevo.

Capítulo IV

El ciego

Cierto día apareció en el mesón un ciego que se ganaba la vida de forma muy extraña y singular: conocía más de cien oraciones y cada una servía para una cosa distinta. Unas servían para curar el mal de amores o el mal de ojo, otras para las mujeres que no podían tener hijos o para las que tenían demasiados... Algunas más servían para sanar ciertas enfermedades, aunque para eso también estaban las hierbas curativas... y, sobre todo, el ciego también sabía alejar las tormentas o predecir el tiempo que iba a hacer durante todo un año.

Por ello, las gentes lo seguían y le pedían remedio para sus males.

Él siempre se los daba; pero nunca de balde: rezar tenía un precio, las hierbas tenían otro, alejar las tormentas salía caro, y predecir el tiempo, no digamos.

El caso era que el ciego se ganaba la vida fácilmente, y muy bien, por cierto.

Pues a ese tal ciego, Lázaro de Tormes le fue a caer en gracia. Hay que entender que el niño era rápido como las mismas liebres y más listo que el hambre. Además, tenía buen carácter, y, por si fuera poco, también tenía las orejas y los ojos de par en par abiertos, lo que quiere decir que lo veía y lo escuchaba todo.

Por eso pensó el ciego que era el mejor guía que podía encontrar en toda Salamanca. Precisamente esto le fue a decir, con muy buenas palabras, a Antonia Pérez.

Antonia no se paró a pensarlo: Lázaro ya tenía once años, más o menos, y ella no podía mantener a sus dos hijos. Además, pensaba que ser guía de ciego sería buen oficio para el niño, muchísimo mejor que ser recadero en un mesón de tres al cuarto.

–Os lo confío de buen grado; pero os pido que lo tratéis bien y cuidéis de él, pues sabed que es huérfano. Su padre era un buen hombre y murió en la guerra noblemente. Espero que su hijo no sea peor de lo que él fue –le dijo al ciego con mucho sentimiento.

–No tengáis cuidado y quedaos en paz, que yo recibo a Lázaro mucho más como a un hijo que como a un criado –respondió él.

Oyéndolo, la madre se quedó tranquila y consolada, incluso agradecida.

En cuanto a Lázaro, nadie le dijo una sola palabra, pues entonces los padres decidían por sus hijos sin consultarles nada. De todas formas, cuando lo supo, no se sintió apenado, sino muy al contrario, pues le parecía que vivir con el ciego y aprender oraciones y conocer todas las hierbas curativas sería emocionante, y bien pudiera ser que, aprendiendo de él, llegara a ser un hombre sabio y rico, aunque, por el momento, se conformaba con tener un buen sueldo con el que socorrer a su madre y a su hermanito.

En fin, este fue el caso, que Lázaro se marchó del mesón con el alma cuajada de esperanzas, pensando que ya le había llegado la suerte que esperaba.

Sin embargo, las cosas se torcieron muy pronto. Sucedió que el ciego no encontró en Salamanca las ganancias que pensaba encontrar, de modo que decidió marcharse a otro sitio cualquiera, donde las gentes soltaran sus dineros con más facilidad. Y así, antes de partir, fue Lázaro de Tormes a despedirse de su madre y de su hermano.

En cuanto lo vio, ella le echó los brazos al cuello, y, llorando, exclamó:

–Hijo, yo sé que no he de verte más. Que Dios te ayude, y procura ser bueno. Yo ya te he criado y te he dado un buen amo. Ahora te toca valerte por ti mismo.

Lázaro también lloró; pero yo creo que él pensaba que un día regresaría, por eso se marchó sin volver la cabeza, creyendo que irse por el mundo con el ciego sería una gran aventura.

Y ahora sigamos con la historia. Y, desde este momento, sepamos que todo va a ser distinto, porque Lázaro nos empieza a contar, con pelos y señales, lo que ocurre con su vida, al contrario de lo que hizo con sus primeros años.

Desde ahora solo seré su intérprete, ya no imaginaré nada, o lo haré pocas veces. Contaré las cosas a mi modo, eso sí; pero serán sus cosas, las que él mismo nos cuente.

Comencemos, por tanto, a escuchar lo que Lázaro nos dice de su marcha:

«Cuando dejé a mi madre, me fui para mi amo, que esperándome estaba. Salimos de Salamanca y llegamos al puente que hicieron los romanos y que está sobre el río. A su entrada o salida, según como se mire, hay un animal de piedra con formas parecidas a las de un toro. El ciego me ordenó que me acercara a él y dijo:

»–Lázaro, llega el oído al toro y escucharás gran ruido en su interior.

»Yo me acerqué con curiosidad; pero sin ningún recelo, creyendo simplemente en lo que me decía.

»Sintiendo él que tenía la cabeza junto a la piedra, preparó bien la mano y me dio una tal calabazada contra el diablo del toro que más de tres días me duró el dolor de su cornada».

¡Pobre Lázaro! Mucho más grande que el dolor de su triste cabeza fue el dolor de su espíritu. De repente pensó que el cielo se le venía encima y que el suelo se hundía bajo sus pies. Y así, pasada la primera y dolorosa sorpresa, se dijo que, si aquel que creía que iba a ser su segundo padre lo trataba con tanta crueldad, ¿en quién podría confiar en adelante?

Pero no era esto todo, pues el cruel ciego, apreciando su dolor y su asombrada tristeza, se comenzó a burlar de él y, riendo, le dijo:

–Aprende, necio, que el criado de un ciego ha de ser más listo y desconfiado que el mismo diablo.

Es seguro que Lázaro aprendió la lección, y para siempre. Y así nos dice lo siguiente:

«Me pareció que, de golpe, despertaba de la inocencia que como niño tenía, y me dije a mí mismo: "Bien habla este, que lo que me conviene es estar despierto y vigilar, pues ya veo que estoy solo en el mundo, y, por lo tanto, yo mismo he de cuidar de mí"».

Enseguida siguieron el camino: Lázaro aguantaba el dolor lo mejor que podía, pues pensaba que lo que más le convenía era disimular. La rabia y la desilusión las llevaba por dentro; por fuera marchaba cabizbajo, pero sin rechistar. Por ello el ciego pensó que era un muchacho dócil, al que podía manejar con una sola mano. No imaginaba que el guía que marchaba a su lado no era el mismo niño alegre y confiado que salió de Salamanca, pues había comprendido, con el tremendo golpe, y de una vez por todas, que, para defenderse de gente como el ciego, lo mejor era aprender de sus mañas.

Y eso no le fue difícil, porque aquel mal hombre, desde el primer momento, le dio malos ejemplos y peores consejos:

–Lázaro, yo ni oro ni plata te puedo dar; pero consejos para la vida sí te daré –le solía decir.

Y, como ya se ha dicho, se los dio, y Lázaro los siguió casi todos. Fue así como aprendió a mentir y a fingirse inocente, y a hacer burlas y trampas. Fue así como aprendió a defenderse de los mentirosos, de los que trampeaban y de los que se burlaban de las pobres gentes. Mil cosas aprendió y todas útiles; pero ninguna buena. Por eso, al referirse al ciego, Lázaro dice:

«Siendo ciego, fue él quien me alumbró, abriéndome los ojos, y me adiestró en la carrera de la vida».

Ay, pobrecillo Lázaro, qué mal maestro tuvo. De todas formas, ya iremos viendo cómo con el primero con quien ponía en práctica las cosas que aprendía era con quien se las enseñaba, es decir, con el malvado ciego.

Capítulo V

Trampas y burlas

Hay que decir que el ciego, además de cruel, malicioso y astuto, también era un avaro, el más grande del mundo, según decía Lázaro. De modo que al pobre mozo lo mataba de hambre, y si no le daba comida, menos aún le iba a dar un sueldo.

Pues con esto del sueldo y la comida tienen relación casi todas las trampas que Lázaro le hizo. Ahora lo veremos.

Llevaba aquel mal hombre, colgando de su hombro, un gran bolsón de lienzo, cerrado por la boca firmemente con una argolla de hierro y un candado. Era allí donde guardaba el pan, el queso, la morcilla... y las otras tantas y exquisitas golosinas... ¡Ay, Dios!, a Lázaro se le hacía la boca agua tan solo de pensarlo. Pero de todo aquello no recibía nada, solo un poco de pan, y cuando estaba duro.

El mozo parecía contentarse, de modo que su amo estaba satisfecho; pero en cuanto el ciego daba una cabezada, Lázaro descosía, a toda prisa, los lados de la bolsa y saciaba su hambre; después, también a toda prisa, los volvía a coser, y santas pascuas.

Como era astuto y listo, comía un poco de todo y mucho de nada, de manera que el ciego tardó bastante tiempo en darse cuenta.

En cuanto a lo del sueldo, también se la jugaba; pero ese juego era más peligroso:

Cuando el ciego, con la cabeza baja y voz humilde y muy devota, comenzaba a recitar sus milagrosas oraciones, o recetaba sus curativas hierbas, Lázaro pasaba una bolsa entre los que allí estaban, y las monedas caían dentro de ella, sonando alegremente.

Entonces, como ahora, había monedas de diferentes valores. Entre las más corrientes estaban las blancas y las medias blancas.

Pues bien, Lázaro solía quedarse con las blancas, que eran menos, pero más valiosas, y, con rápidas manos, las escondía en el único sitio donde el ciego no podía encontrarlas.

Cuando la gente se daba la media vuelta, el ciego se dejaba de rezos, aunque su oración aún no estuviera terminada, y, con dedos ansiosos, contaba sus monedas.

–¿Qué diablos es esto? No sé yo lo que pasa, Lázaro, pues antes me daban muchas blancas; sin embargo, desde que estás conmigo, solo me dan medias blancas..., medias, medias y medias. ¿Dónde están las blancas? –decía manoseándolas.

Luego, el muy desconfiado cogía bien al mozo y palpaba sus ropas; pero no hallaba nada.

Lázaro se reía por dentro y miraba a su amo con mirada de burla y un lado de la cara completamente hinchado, pues era ahí donde había ocultado las apreciadas blancas.

En esto de ocultar monedas y otras cosas en la boca llegó a ser un maestro, pues consiguió hablar con ellas dentro sin que se le notara.

Lázaro, por causas parecidas, le hizo al ciego muchísimas más trampas. Pero no todas quedaron siempre ocultas; hubo algunas que fueron descubiertas, y entonces recibió tal clase de castigo que no pudo olvidarlo en muchísimo tiempo, o quizá no lo olvidara nunca.

Por ejemplo, aquella del cántaro de vino.

Cuenta Lázaro que, mientras comían, el ciego siempre ponía a su lado una jarra de vino, de la que no le daba ni siquiera una gota, y no era porque él todavía fuera un niño, pues entonces nadie pensaba en eso, sino por bebérselo todo. Pero Lázaro quería probar por lo menos un poco del delicioso líquido, de manera que, con mucho sigilo, alargaba la mano, cogía el jarro y le daba en la boca un par de silenciosos besos; sin embargo, un mal día el ciego acabó averiguándolo. Desde entonces agarraba la jarra, y firmemente agarrada la tenía hasta que terminaba de comer.

Pero Lázaro no era de esos que se cruzan de brazos cuando algo se tuerce, de modo que se hizo con una paja larga, que metía en la jarra. Así, por mucho que el ciego la tuviera agarrada, él bebía a su gusto cuando le apetecía.

Era cosa de verlo, acercándose al ciego, andando de puntillas, casi sin respirar, para meter la paja por la boca del jarro. Cuando lo conseguía, sus ojos brillaban de emoción. Se parecía a un gato cuando por fin logra caer sobre un ratón.

Después, el ciego se hacía cruces, sin entender qué era lo que ocurría con su querido vino; pero un día oyó acercarse a Lázaro y lo cogió con las manos en la masa, es decir, descubrió el truco de la paja. Desde entonces se colocaba el jarro entre las piernas.

Pero esta vez tampoco se dio Lázaro por vencido, lo que hizo fue pensar y aguzar el entendimiento, y la trampa que esta vez ideó fue de lo más ingeniosa: en un descuido del ciego, y estando el jarro vacío, porque lleno nunca lo descuidaba, lo cogió por su cuenta y le hizo un pequeño agujero en la panza, que enseguida tapó con una finísima laminilla de cera.

Llegada la hora de comer, encendieron un fuego para calentarse, y entonces Lázaro, fingiendo que aún tenía frío, se acurrucó muy cerca de las piernas del ciego. Este no protestó, seguramente porque el cuerpo del mozo le daba buen calor. El caso fue que, con el fuego, se derritió la lámina de cera y el vino comenzó a manar. Entonces Lázaro se tumbó en el suelo, como si fuera un perro a los pies de su amo, y ya no tuvo otro cuidado que abrir la boca y recibir en ella el hilillo de vino que salía de la panza del jarro. La trampa funcionó, y había que oír al ciego, asombrado y furioso, gritando como un loco:

–¡Maldita sea! Lázaro, por mis muertos, ¿qué pasa con mi vino?

Y había que ver a Lázaro hacer muecas de burla y morirse de risa, mientras decía con voz de total inocencia:

–No me iréis a decir que os lo he quitado yo…

–¡Por todos los diablos! No puedo decir eso, pues lo tengo bien tapado y sujeto; pero, si tú no me lo quitas, ¿quién me lo quita, Lázaro?

–No lo sé yo; es algo muy extraño, aunque bien puede ser que haya algún diablo que os tenga malquerencia.

El ciego meneaba la cabeza, pues no le parecía que hubiera algún demonio que perdiera su tiempo en cosa tan pequeña. Ojalá se lo hubiera creído; pero no lo creyó, de modo que le dio tantas vueltas al jarro, tanto lo palpó y lo repalpó por todas partes, que acabó encontrando la lámina de cera.

Aunque se mordía los puños de rabia, no dijo una sola palabra, de manera que Lázaro continuó pensando que lo tenía engañado, hasta que un día aquel malvado ciego creyó que había llegado la hora de su venganza; pero es mejor que nos lo cuente Lázaro con sus propias palabras, y esto es lo que dice:

«Un día estaba yo descuidado y gozoso, recibiendo aquellos dulces tragos, con la cara hacia el cielo, un poco cerrados los ojos, para mejor saborear el bendito licor. Sintió el ciego que había llegado su momento, cogió el jarro con las dos manos y, con toda su fuerza, lo dejó caer sobre mi cara. Fue tal el golpe, que me quitó el sentido, y el jarrazo tan grande, que los pedazos de él se me metieron por el rostro, rompiéndomelo por muchas partes».

Después del enorme castigo, el ciego se sintió compasivo y comenzó a curar al pobre Lázaro, lavándole las heridas, precisamente con vino. Pero su compasión no era verdadera, pues, mientras lo hacía, se reía diciéndole:

–¿Qué te parece, Lázaro? Lo que te hirió es lo que ahora te cura.

Desde aquel momento, el poco aprecio que el niño le tenía se convirtió en algo muy parecido al odio; pero, a pesar de todo, aún quedaba en su corazón algo de la bondad con la que nació, y por eso pensaba que, si el ciego le mostrara un poco de afecto, o al menos no lo tratara mal, él podría perdonarle aquel terrible golpe.

Pero el mal hombre con el que marchaba hacía todo lo posible para ofenderlo y maltratarlo, y, a la menor oportunidad, lo insultaba, lo empujaba, le tiraba del pelo o le daba muy fuertes coscorrones.

Tanto era así que algunas buenas gentes le decían:

–¿Por qué pegáis al pobre mozo? ¿No os da vergüenza tratarlo así sin motivo?

–¿Sin motivo? –gritaba el ciego como si fuera un gato al que pisan el rabo–. ¿Al pobre mozo...? ¿Creéis acaso que es algún inocente? ¿Es que eso parece...? Entonces escuchad algunas de las trastadas y burlas que me ha hecho.

Después contaba, a todo el que quisiera escucharlo, las muchas picardías que Lázaro había ideado para robarle el vino. Y lo hacía con tantos gestos, tantas exageraciones, tantos «¡Ay, Dios mío!» y tantos «¡Maldita sea mi suerte, ojalá se lo lleve el diablo...!»; en fin, lo hacía con tanta gracia que la gente se moría de risa, hasta el mismo Lázaro se reía, y, durante algún tiempo, incluso se sentía orgulloso de su ingenio, porque escuchando al ciego, no había ninguna duda de que era ingenioso.

Pero dejaba de reír cuando la gente, todavía riendo, exclamaba escandalizada:

–¿Quién lo iba a pensar? ¡Cuánta picardía en un cuerpo tan pequeño...! Castigadlo entonces, tratadlo con mano dura, que solo así conseguiréis hacer de él un hombre de provecho.

–¡Lo haré! –les prometía el ciego, y el pobre Lázaro estaba seguro de que les cumpliría la promesa.

Y así continuaron marchando, cada vez más enemigos. El ciego seguía sentándole la mano al mozo, con motivo o sin él. En cuanto a Lázaro, hacía lo que podía para fastidiarlo, de modo que, cuando llovía, lo llevaba por los caminos más enfangados y resbaladizos, y cuando el tiempo estaba seco, por los más polvorientos y pedregosos, y no le importaba sufrir incomodidades con tal de que el ciego las sufriera también.

Poco a poco, y siempre en guerra, se fueron alejando de Salamanca y acercándose a tierras de Toledo, que era hacia donde se dirigían, porque en Toledo vivían las gentes más ricas del reino, según decía el ciego.

Capítulo VI

En tierras de Toledo

Caminando por tierras de Toledo pasaron muchas cosas, y cada una de ellas agrandaba la desconfianza que había entre el ciego y su guía, y así se estaban al acecho, tanto el uno como el otro.

Pero de todas las muchas cosas que Lázaro confiesa que pasaron, solo nos cuenta dos, quizá las dos más señaladas.

Así, nos dice lo que ocurrió cierto día en un lugar llamado Almorox, a donde llegaron en tiempos de vendimia:

«Un vendimiador le dio a mi amo un gran racimo de uvas. Estaban tan maduras que, de haberlas guardado en el bolsón de lienzo, ellas solas se hubieran hecho vino, de modo que, como no había otro remedio que comerlas en el mismo momento y eran demasiadas, decidió que hiciéramos los dos un alegre banquete; además, quería contentarme un poco, pues aquel día me había dado muchos rodillazos y empujones.

»Nos sentamos al lado de una valla y el ciego dijo:

»–Mira, Lázaro, hoy quiero ser generoso contigo, por eso nos comeremos a medias el racimo de uvas, de modo que yo picaré una y tú otra; pero prométeme que no harás trampas y cogerás solo una cada vez».

Sigue contando Lázaro que él se lo prometió muy seriamente, y que pensaba cumplir lo prometido. Pero el ciego creyó que no lo cumpliría y comenzó a comer las uvas de dos en dos y con inquietas prisas. Entonces él comenzó a comerlas de tres en tres y con más prisas, de modo que, más que comerlas, las engullía.

Debía de ser curioso ver a dos personas frente a frente comer uvas con tanta rapidez, como si en ello les fuera a ir la vida.

El caso fue que el grandísimo racimo se acabó en un abrir y cerrar de ojos, y el ciego, con el triste esqueleto que de él quedó colgando entre los dedos, se mantuvo algún tiempo callado y pensativo, y luego dijo:

–Lázaro, sé que me has engañado, y puedo jurar, sin miedo a equivocarme, que has comido las uvas de tres en tres.

Protestó Lázaro fingiéndose escandalizado:

–¡No las comí yo así! –y enseguida añadió–: ¿Por qué sospecháis esto de mí?

–¿Sabes por qué? Pues porque yo las fui comiendo de dos en dos y tú no me decías nada.

Rió Lázaro por dentro; pero por fuera prefirió dejar las cosas como estaban.

En silencio siguieron el camino, pero los dos sabían que ya no iban solos, porque entre uno y otro marchaban, cogidas de la mano, la astucia y la desconfianza.

De camino a Toledo, los golpes del mal ciego no cesaron, ni tampoco cesaron las trampas y picardías de Lázaro. La última de ellas fue la gota que hizo rebosar el vaso, y tuvo lugar en una ciudad a la que llamaban Escalona.

Pero esta vez la burla no fue intencionada, quiero decir que a Lázaro se le ocurrió de pronto y por casualidad:

Se encontraban los dos en un mesón, sentados junto al fuego. Era la hora de comer y el ciego sacó de su bolsón una larga y apetitosa longaniza.

Solo de verla, a Lázaro le latía el corazón más deprisa.

–Acércate a ese fuego y ásamela –ordenó el miserable ciego mientras palpaba el precioso alimento, lo mismo a lo largo que a lo ancho, para así estar seguro tanto de su forma como de su tamaño, pues temía que Lázaro le fuera a quitar algún pequeño trozo.

Maldiciendo por dentro, pinchó Lázaro la longaniza con el asador y la puso al fuego.

Una longaniza asándose huele a gloria bendita y es capaz de despertar a un muerto, y Lázaro estaba bien vivo y despierto.

–¡Ay, Dios…! –suspiraba, oyendo en su interior el llanto de su vacío estómago y el triste baile de sus vacías tripas.

Mientras tanto, el ciego sonreía con malicia y decía con burla:

–¡Qué bien huele la condenada…! Mejor sabrá después, ¿no te parece, Lázaro? Olerla ya alimenta… Huele, huele a tu gusto, mozo.

«Ojalá te atragantes con el primer bocado, ojalá te estalle en la barriga...», maldecía Lázaro, sintiendo que no podía aguantar mucho más tiempo aquel grandioso olor que a su nariz llegaba.

De pronto, el ciego le alargó una moneda y le dijo que fuera por vino a la taberna. Fue entonces cuando Lázaro vio un nabo en la mesa de al lado; sí, un nabo era, un simple y verdadero nabo, de esos que nacen en las huertas.

Pero aquel era un nabo miserable: delgado y larguirucho, retorcido y medio seco, al que, seguramente, alguien había desechado por inservible.

Verlo Lázaro y encenderse en su mente la diabólica idea fue una misma cosa.

No lo pensó mucho, o no lo pensó nada; así, mientras sus ojos brillaban de emoción, sus labios se alargaban en una victoriosa sonrisa y su estómago brincaba de entusiasmo, quitó la longaniza del asador y puso el nabo en su lugar. Después se relamió de gusto y se zampó, de un solo bocado, el riquísimo y ansiado alimento.

Fue cosa de un instante; sin embargo, su dicha fue completa, y el instante, glorioso.

Luego cogió el dinero y corrió como un gamo a la taberna. Era un niño feliz que reía a carcajadas y con todo su cuerpo, mientras se acariciaba la tripa satisfecha.

Pero eso fue a la ida, porque a la vuelta comenzó a preguntarse cómo podría hacer creer al ciego que un insípido y desdichado nabo era una olorosa y crujiente longaniza.

Poco a poco comenzó a andar despacio y en sus ojos apareció una mirada oscura y preocupada. Nada se le ocurría, y el miedo le encogía el corazón y aflojaba sus piernas y sus ánimos. Tenía mil ideas, pero ninguna buena: «¿Y si me escapo?... De nada me valdrá, en cuanto se dé cuenta gritará que me busquen. No conozco el lugar, no sé dónde esconderme, me encontrarán seguro... ¿Y si me hago el muerto? No se lo iba a creer. ¡Por Dios, lo mejor es morirme...!».

Haciéndose preguntas llegó al mesón de nuevo. Al empujar la puerta, sus piernas temblaban como cañas de trigo.

Encontró al ciego con el nabo en la mano. Aún no lo había probado. Lo tenía metido entre dos trozos de pan. Y como todavía lo creía longaniza, sonreía con alegre y golosa sonrisa.

Lázaro suplicó con enorme fervor al más santo de todos los santos milagreros que le hiciera aquel día el mayor de todos los milagros. Pero no rezó bien o el santo no debió de escucharlo, porque el gesto del ciego cambió por completo en cuanto le dio el primer bocado a aquella cosa extraña que tenía en la mano. Su alegría se convirtió en asombro, después en asco y, por último, en furia desatada.

–¿Qué es esto, Lázaro? ¿Qué es esto que me has dado? –gritó como un león furioso.

Alrededor de Lázaro todo comenzó a dar vueltas, lo mismo que si de pronto hubiera un terremoto.

–¿Qué es esto, Lázaro? –volvió a gritar el ciego.

–Pobre de mí... ¿Qué tengo yo que ver con todo esto? ¿No vengo de traeros el vino? ¿Cómo podéis culparme de algo si yo no estaba aquí? –protestó Lázaro con voz delgada y débil, y después añadió–: Alguien ha querido haceros una burla y os ha cambiado la apetitosa longaniza por otra cosa.

–Nadie ha podido hacerme broma alguna, pues desde que te fuiste no he soltado el asador, de tus manos pasó a mis manos... ¿Qué nueva picardía es esta? –rugió el ciego, rojo de cólera.

–¡Lo juro por mi vida! ¡Creedme! Yo no he tenido nada que ver con esto. ¡Lo juro! ¡Por tres veces lo juro! ¡Que me muera ahora mismo si es que miento! –exclamó con angustia el asustado Lázaro, sintiendo que sus piernas dejaban de ser cañas y se volvían manteca derretida.

No se murió en el acto, pero de nada le valieron sus juramentos, pues el ciego se levantó de un salto y, lanzándose contra él, lo agarró por la cabeza y comenzó a olisquearlo con tanto interés como si fuera un perro de caza.

Lo bueno que tiene la longaniza asada es que huele a gloria bendita, y lo malo es que ese olor tarda mucho en marcharse. De modo que, en cuanto el ciego se acercó a Lázaro supo con certeza a lo que olía.

Rabioso, y con rápidas y durísimas manos, le obligó a abrir la boca y, como si sus dedos fuesen las pinzas de un cangrejo, con ellos se la mantuvo abierta mientras le metía hasta la garganta su larguísima, afilada, mocosa y maloliente narizota, más hondo, cada vez más hondo.

El pobre Lázaro se moría de asco y de náuseas, y así, entre la enorme repugnancia que sentía, y que la longaniza estaba todavía entera en su estómago, se produjo en su cuerpo tal revuelo que, en una de sus ansias, devolvió a su dueño lo que era suyo. Y así salieron, de golpe y a la vez, de la boca de Lázaro, la negra narizota y la húmeda y apetitosa longaniza.

Lo que pasó después tuvo que ser terrible. Así lo cuenta el pobre Lázaro:

«¡Oh, gran Dios!, quién estuviera en aquella hora sepultado, que muerto ya lo estaba, pues tal era el coraje del perverso ciego que, si al ruido de sus voces y de los golpes que me daba, no hubieran acudido algunos a auxiliarme, pienso yo que me dejara sin vida».

Golpes, golpes en todas partes del cuerpo, brutales y seguidos... El ciego parecía una fuerza desatada de la Naturaleza: una tormenta, un huracán, un maremoto...

Y otra vez la gente, que preguntaba al ciego por qué causa maltrataba a un inocente niño de aquel modo, y otra vez el ciego repitiendo, indignado, que aquel niño no era ningún pobre inocente, sino el hijo menor del mismísimo diablo, y a todos contaba, con pelos y señales y exagerados gestos, «¡Huys!» y «¡Ays!» y «¡Por mi vida!», lo que aquel Satanás encerrado en un cuerpo pequeño había hecho con la longaniza más alegre y sabrosa del mundo. Y «¿En qué la convirtió? En la cosa más amarga y ruin, en algo más arrugado y seco que la pata de un viejo... ¡Ay, mi hermosa longaniza, miradla, ahí yace en el suelo, mordida y maltratada por este hijo del demonio!», gemía, elevando los ojos y la mirada al cielo, como si de él esperara justicia.

De nuevo la gente se hacía cruces y reía a carcajadas, y no solo la que estaba en el mesón, sino también la que, al oír el alboroto, entraba desde la calle. Y otra vez, entre lágrimas, se reía Lázaro, pues reconocía que, después de todo, la broma había tenido gracia, aunque habría sido mucho mejor si, de un bocado, le hubiera arrancado al ciego su fea narizota.

Y también, como en otras ocasiones, la gente acabó con las manos en la cabeza, mirando a Lázaro asombrada, y diciéndole al ciego que lo castigara, pues solo una mano dura podría convertirlo en hombre de provecho.

Sin embargo, esta vez fue distinto, pues en el corazón de Lázaro se agitaba una enorme tempestad. «¡Nunca más! ¡Nunca más me harás una cosa parecida!», gritó por dentro; pero con tanta rabia que llegó a creer que aquel grito saldría de su cuerpo y todo el mundo acabaría oyéndolo.

Capítulo VII

Cambio de amo

Visto todo lo visto, y ya sin esperanza alguna de que el ciego cambiara, Lázaro se dijo a sí mismo que, para marchar por el mundo en tan mala compañía, prefería ir solo, de modo que decidió abandonar a su cruel amo en cuanto pudiera. Pero también se dijo a sí mismo que no lo haría hasta haberle devuelto, por lo menos, una parte de lo mucho que él le había dado, es decir, golpes, y que eso lo haría no de cualquier modo, sino en la mejor ocasión, cuando el ciego no sospechara y él pudiera huir rápida y fácilmente.

Mientras que dicha ocasión llegaba, procuró disimular lo enorme del rencor y de la ira que en su corazón se había ido acumulando, y así, aunque con enormes esfuerzos, se siguió portando como si nada hubiera sucedido.

En cuanto al ciego, todavía pensaba que podía continuar manejándolo a su antojo, de manera que lo seguía insultando y empujando cuando le apetecía, y le apetecía a todas horas.

La ocasión que Lázaro esperaba se presentó cierta tarde en que llovía a mares, después de haber llovido durante la mañana y todo el día anterior.

El agua corría por las calles como pequeños ríos desbordados, y además hacía frío. El ciego y su guía se hablaban resguardados bajo los soportales de la plaza Mayor.

–Mira, Lázaro, esta lluvia no para de caer, y a medida que la noche se acerca todavía llueve más. Será mejor que nos recojamos en la posada –dijo el ciego.

A Lázaro le pareció que al fin había llegado la ocasión que esperaba, de manera que, procurando disimular la emoción, le dijo:

–Bien me parece eso; pero el arroyo que hemos de cruzar baja crecido, de modo que, si os parece, yo os puedo llevar hasta un punto en que se estrecha tanto que fácilmente lo podremos saltar.

–Muy bien piensas algunas veces, Lázaro, por eso, aunque tú no lo creas, te quiero bien. Anda, llévame a donde ese arroyo se estrecha, porque ahora es invierno y a nadie le gusta andar con los pies mojados.

Lázaro, sin pensárselo más, lo sacó de los soportales y, después de caminar un trecho bajo la lluvia, lo llevó derecho hasta un pilar de piedra que por allí se alzaba.

–Este es el punto más estrecho del arroyo –le dijo.

–Entonces ponme bien derecho y salta tú primero.

Lo puso Lázaro exactamente frente al pilar, dio un gran salto y fue a caer al otro lado del falso arroyo y después dijo:

–Y ahora, ¡saltad! ¡Saltad con ganas! Todo lo que podáis.

No había terminado de hablar cuando el ciego respiró hondo y saltó hacia delante con todas sus fuerzas. No sabía

Lázaro que fueran tantas, porque fue a dar con la cabeza contra el pilar y cayó al suelo redondo, sin decir una palabra.

Viéndolo allí tendido, al asustado Lázaro le dio por correr, y no cesó de hacerlo durante toda la noche, hasta que llegó a un cierto lugar llamado Torrijos.

El mozo dice que nunca supo cuáles fueron las consecuencias del golpe, ni quiso saberlo.

Lo último que supo de su primer amo fue que en el suelo quedó y que algunas gentes acudieron a auxiliarlo.

Pero en Torrijos tampoco se encontraba seguro, pues le parecía que no estaba tan lejos de Escalona como para que cualquiera no pudiera llegar de allí y reconocerle.

En Torrijos comenzó a ver sombras por todas partes, sombras sospechosas que lo perseguían, y, como vivía intranquilo y asustado, se marchó a una ciudad más alejada que se llamaba Maqueda.

En Maqueda se encontró completamente solo, sin amo ni trabajo, sin comida y sin casa. No le quedó otro remedio que pedir una limosna por la caridad de Dios, y lo hacía tan bien, sus ojos eran tan tristes y humildes, y su voz tan devota y suplicante, que la gente pensaba que era el niño más desdichado y bondadoso del mundo, así que buenas limosnas recibía, tanto en monedas como en comidas.

En estas se topó con un clérigo o cura, como queráis llamarlo, pues son la misma cosa, el cual, viendo su recogimiento, pensó que él era el criado que le convenía.

–Muchacho, ¿sabes ayudar a misa? –le preguntó.

–Sí, sé –respondió Lázaro sin dudar.

Y verdad era, pues, con eso de las oraciones, muchas horas había pasado con el ciego en esta o en aquella iglesia. Y Lázaro no desaprovechaba la ocasión de aprender algo, pues nunca se sabía si alguna vez podría servirle.

Y fue así como encontró a su segundo amo, al que iba a servir tanto de criado como de monaguillo, que, para quien no lo sepa, es un ayudante en las cosas de la iglesia.

Marchando hacia su nueva casa, a Lázaro le latía el corazón emocionado: ¡Esta vez dormiría en una cama, y debajo de un techo, y no tendría que pasarse la vida por los caminos! Además, ¡comería en abundancia! Y hasta pudiera ser que el clérigo, que sería un buen sacerdote, estuviera dispuesto a darle un poquillo de afecto.

La casa no le pareció mal, pues si se lo hubiera parecido nos lo habría dicho; lo que sí dice, y enseguida, es que, para su asombro y tristeza, en ella no encontró comida alguna, y eso que la buscó por todas partes.

Esperaba encontrar en la cocina, colgando del techo, morcillas, jamones, chorizos y lomos; pero del techo solo colgaban unos poquillos ajos y otras poquillas cebollas.

También esperaba encontrar cazuelas en el fuego, con guisos humeantes; pero en las cazuelas solo había agua.

Entonces Lázaro pensó: «La comida estará en la despensa»; pero no estaba, ni en el comedor, ni en la sala, ni en la buhardilla, ni en ningún otro sitio; hasta miró debajo de la cama, inútilmente, claro.

¿Es que en aquella casa no había comida? La había, sí señor; pero estaba escondida, bien oculta dentro de un arca que el clérigo cerraba con una llave que llevaba colgando de su cuello.

¡Pobre Lázaro, qué mala suerte! Por lo visto estaba condenado a pasar hambre.

«Escapé del trueno y di con el relámpago, porque el ciego, con ser la avaricia andando, comparado con este era Alejandro Magno», nos comenta el desgraciado Lázaro.

Al cabo de unos días estaba tan hambriento que pensar en comer era como soñar despierto. Y mientras tanto, el clérigo comía buenos trozos de carne y pan tierno, y queso y tocino, y algunas otras cosas, todas apetitosas. A Lázaro le daba una cebolla, y no todos los días, y viendo con qué ansias la devoraba, y de qué modo, cuando terminaba y se chupaba los dedos, le decía:

–Anda, anda, Lázaro, que no haces otra cosa que golosinear.

Aunque hay que añadir, para no ser injustos, que los sábados le permitía roer los huesos del cordero que él acababa de terminarse, y, según cuenta el mismo Lázaro, le decía sonriendo:

–Toma, come, triunfa, que para ti es el mundo. ¡Mejor vida tienes que el Papa!

«A ti te la dé Dios», respondía él, por dentro, por supuesto.

Sin embargo, en algunas ocasiones encontraba el pobre muchacho la manera de llenar su dolorido estómago y reponer en algo sus debilísimas fuerzas; pero que nadie piense que era porque, de cuando en cuando, su avaro amo se volvía generoso, ni porque él pudiera quitarle la llave, pues eso era imposible. Lázaro solo comía bien cuando alguien moría. Sí, eso es lo que he dicho, aunque parezca extraño. El caso era que, en aquellos tiempos, cuando alguien acudía a un entierro o iba a un velatorio, la familia del muerto le ofrecía una buena comida como agradecimiento por haberlos acompañado.

Y el clérigo, por ser cura, acudía a casi todos para rezar por el alma del difunto, y Lázaro lo acompañaba siempre.

El pobre con frecuencia sentía remordimientos, pues, cuando alguien estaba muy enfermo, le pedía a Dios por él; pero no para que sanara, sino para que muriera.

Pues bien, esta era la vida que llevaba con su segundo amo. Tan mala que a veces se preguntaba que por qué no lo dejaba, como dejó al primero, y esto era lo que se respondía:

«Mira, Lázaro, ya has tenido dos amos. El primero te mataba de hambre, y, dejándolo, topaste con el clérigo, que ya casi te tiene en la sepultura. Si te alejas de él y encuentras otro, seguramente aún será peor, y entonces, ¿qué va a ser de ti?».

Pero el caso fue que, cuando menos se lo esperaba, sucedió algo que consoló su estómago y llenó su vida de nuevas emociones.

Sin embargo, él mismo confiesa que no fue su inteligencia lo que esta vez le abrió nuevamente el camino de las trampas y engaños, sino la casualidad y la buena suerte, aunque añade que él bien supo aprovecharlas.

Capítulo VIII

Las cosas cambian

Sucedió que cierto día en que el clérigo no se encontraba en casa y Lázaro sí, llamó a la puerta un calderero y preguntó si tenían para arreglar alguna olla, sartén o caldero, o si necesitaban cambiar la cerradura de una puerta o comprar alguna llave nueva.

Al oír esto último, a Lázaro se le encendió la luz del entendimiento, y fue tan clara esa luz y tan repentina, que se dijo a sí mismo que era el propio Dios el que se la había encendido, y que el calderero era un ángel que bajaba del cielo para ayudarle, de modo que, con los ojos brillantes de alegría y el corazón rebosante de nuevas esperanzas, respondió así:

–Una llave he perdido, de esa arca, y temo que mi señor me azote. Por vuestra vida, ¡ayudadme y mirad si entre todas las llaves que ahí traéis hay alguna que sirva!

Comenzó a probar «el ángel» las llaves una por una. Eran muchas, y, mientras las probaba, Lázaro rezaba todo lo que sabía. Y, ¡por fin!, sirvió una bendita llave, se abrió el arca y, ante ellos, apareció una buena cantidad de redondos y magníficos panes, tan grandes y dorados que verlos era una maravilla.

Se puso a temblar Lázaro de emoción, y esto le dijo al calderero:

–Yo no tengo dinero, hermano; pero podéis cobraros de lo que aquí veis, como mejor os parezca.

El calderero cogió una rosca de buen pan, y, sintiéndose pagado, se marchó tan contento.

A pesar de que Lázaro se moría de hambre, no sacó nada de lo que había en el arca, pues pensó que, como el calderero ya había cogido un pan, si él cogía otro, el clérigo lo notaría.

De modo que se guardó la llave en el bolsillo como si fuera un tesoro, cerró el arca, se aguantó el hambre y se puso a esperar el día siguiente. Su estómago rugía, pero él lo mandaba callar diciéndole:

–Mañana llegará tu gran momento.

Al día siguiente, Lázaro apenas podía contener la impaciencia, y, esperando que el clérigo se marchara de casa, los minutos le parecían horas, e iba de un lado para otro con la escoba nerviosa, haciendo que barría. Cuando al fin su amo se marchó, corrió hacia el arca y, con el corazón palpitante, metió la llave en la cerradura. Se detuvo un momento temeroso: «¿Y si ahora no abre...?», se decía.

Pero abrió, y ante él apareció aquella gran familia de panes exquisitos: más grandes, más chicos, más redondos o más alargados... Los miró lenta y alegremente, para así aumentar un poco más el placer que le daba pensar que podía comérselos. Por fin comió, no solo con la boca y el estómago, sino con todos sus sentidos, saboreando despacio cada trozo. Solamente era pan, pero blando y crujiente, y tan apetitoso como si hubiera sido faisán.

Después de haber comido, se sentía el mozo tan fuerte y tan contento que se puso a barrer con una tal alegría y ligereza que parecía que bailaba; y enseguida sus labios se abrieron sin que se diera cuenta, y de ellos se escapó una alegre canción, no importa cuál fuera.

Alegre estuvo toda la jornada, pensando que al día siguiente comería y al otro comería también. Como ya puede verse, no necesitaba mucho nuestro Lázaro para ser feliz.

Sin embargo no duró mucho su gozo, porque al tercer día encontró al clérigo asombrado y confuso, mirando al arca abierta. Después de unos segundos, le dijo, con la voz todavía perpleja:

–Si yo no tuviera esta arca tan bien guardada, creería que alguien me ha robado algunos panes. Eso no puede ser; pero, para estar bien seguro, a partir de hoy no pasará un día sin que los cuente. Ahora son nueve panes y medio los que yo tengo.

Oyéndolo, el pobre Lázaro sintió en su pecho una honda punzada de tristeza:

–¡Maldita sea mi suerte! –exclamó, y se marchó a dormir, sintiendo que sus ánimos se los llevaba el viento.

Tristeando pasó el día siguiente; tristeando y procurando engañar a su desgraciadísimo estómago. Pero este se había acostumbrado ya a comer, y hay costumbres que son muy difíciles de olvidar.

Dicen que el hambre aviva la inteligencia, y era mucha la que tenía el mozo, por lo tanto su inteligencia fue avivada muy pronto; pero Lázaro prefería pensar que era Dios el que acudía en su ayuda nuevamente. Es así como nos habla en relación con esto:

«El mismo Dios, el que socorre a los afligidos, viéndome en tal apuro, me trajo a la mente un pequeño remedio, de modo que, pronto, me dije: "Esta arca es ya vieja, está rota en algunas partes, aunque con pequeños agujeros, y bien puede pensar mi amo que los ratones entran por ellos y se comen el pan. Sacar uno entero no es prudente, pero comer un poco de cada uno sí es posible"».

Después de decirse todo esto a sí mismo, Lázaro dio gracias a Dios por la idea que le había enviado, abrió el arca y, desmigando de aquí y de allí, comió algo de pan; no todo lo que hubiera querido, pero sí lo suficiente para acallar el hambre.

Cuando el clérigo llegó a casa, lo llamó con voces nerviosas y alteradas y gritando le dijo:

–¡Lázaro!, mira, mira qué destrozo ha sufrido nuestro pan.

«¿Nuestro pan? Ahora dices nuestro pan, y ¿cuándo ha sido mío?», pensó Lázaro, y se acercó al arca con cara de profunda inocencia.

–¡Oh, buen Dios!; pero ¿qué ha sido esto? –exclamó fingiéndose asombrado.

–¿Qué ha de ser, Lázaro? ¡Ratones! Los malditos ratones, que todo lo destrozan.

Suspiró Lázaro aliviado: por suerte, el clérigo había caído en la trampa, y no fue solo eso, aún tuvo un poco de más suerte, pues sucedió que, sentándose a comer, su amo cortó con un cuchillo todo el trozo que parecía roído y se lo dio diciéndole:

–Cómete eso, Lázaro, que el ratón cosa limpia es.

No estaba muy de acuerdo el mozo; pero se lo comió sin ascos, porque al ratón que había roído aquello bien lo conocía él.

Sin embargo, después de la comida sufrió un nuevo sobresalto: el clérigo cogió un martillo y, con tremendo afán, comenzó a tapar, con trocitos de madera, los agujeros del arca, y mientras clavaba decía:

–¡Ahora, graciosos ratones, será mejor que os vayáis a otra parte, porque en esta casa poco tenéis que hacer!

«¡Oh, Dios mío!, qué poco duran los placeres de esta vida», suspiraba Lázaro; pero no cesaba de dar vueltas y más vueltas en su cabeza para ver si se le ocurría otra idea salvadora. Y se le ocurrió, o se la inspiró Dios, como a él le gustaba pensar. Y así fue que se levantó de noche, cogió un cuchillo afilado, de puntillas se aproximó al arca y le hizo algunos agujeros nuevos.

«Como el arca está tan vieja, no le parecerá cosa disparatada que los ratones, encontrando cerradas las puertas por las que entraban, hayan abierto otras», pensó Lázaro, y luego cogió tranquilamente su llave y no tuvo otro trabajo que el de meterla en la cerradura y el de comerse un poco de cada pan, pero a la manera ratonil, es decir, royéndolos.

A la mañana siguiente, lo primero que hizo el clérigo cuando se levantó fue correr hacia el arca, y, al verla agujereada de nuevo, se echó las manos a la cabeza.

Lázaro, mientras tanto, contenía la respiración, temeroso de que el buen hombre descubriera el engaño; pero no lo descubrió, lo que hizo fue gritar como un poseso:

–Pero ¿tú has visto esto, Lázaro? ¡El diablo se lleve a estos ratones! ¡Malditos bichos...! Y deben de ser muchísimos para destrozar el pan de esta manera... ¡Ay, ay, pobre de mí! ¿Qué haré para deshacerme de ellos? Y... ¿cómo habrán venido? Antes nunca hubo ratones en esta casa...

En fin, después de lamentarse un rato, cogió de nuevo martillo, madera y clavos y se empeñó otra vez en la faena de tapar agujeros. Pero Lázaro ahora se reía por dentro y pensaba: «Clava, clava, que ya vendrán nuevos ratones que harán nuevos agujeros en el arca».

Así pasaron varios días, el uno tapando agujeros en el arca y el otro abriéndolos.

Hasta que el clérigo se rindió y dijo:

–¡Está visto que esta arca es demasiado vieja, y de nada vale mi trabajo con los malditos ratones, así que, si no puedo vencerlos desde fuera, los atacaré por dentro.

De modo que dentro metió una ratonera, con un trozo de queso como cebo.

A Lázaro lo de la ratonera le pareció de perlas, pues así, además de rico pan, también comería queso.

Por la mañana el clérigo lo veía y no se lo creía: la ratonera, sin queso; el pan, roído, y el ratón, huido.

Lo mismo encontró a la mañana siguiente, y a la otra y a la otra...

El clérigo abría los ojos como platos, se santiguaba y decía:

–Estos ratones deben de ser los más listos del mundo.

Hasta que sus amigos le dijeron:

–No hay ratón en todo el universo que tales cosas haga; por lo tanto, no pueden ser ratones los que en vuestra arca entran.

–Entonces, ¿qué son? –preguntó el clérigo asustado.

–Ratón no puede ser, pero sí puede ser una culebra. En otro tiempo, ¿no os entró una en casa? Seguro que la malvada ha vuelto. Y ella sí que puede comerse el pan y el queso y luego desaparecer sin dejar rastro, pues como es delgada y larga, de la trampa se escapa, y, aunque la coja, se escurre con la mayor tranquilidad.

Creyó el clérigo lo que le decían sus vecinos, y Lázaro se dispuso a convertirse en culebra, sin mayores preocupaciones, y hasta que fuera necesario. Pero no debería haberse sentido tan tranquilo, porque el hecho de tener una culebra en casa alteró de tal modo a su amo que dormía con un garrote al lado, se despertaba varias veces en la noche y al oír cualquier ruido gritaba:

–¡Allí está esa culebra, Lázaro! ¡Ten cuidado, que va hacia tu cama! ¡Salta! ¡Levántate, que me han dicho que a las culebras les gusta acurrucarse bajo el cuerpo de los niños, porque en ellos encuentran el mejor calor!

Lázaro fingía que se moría de miedo:

–¡Quiera Dios que no me muerda! –susurraba conteniendo la risa.

Como era natural, a Lázaro en nada le asustaba la tal culebra; pero sí le alteraban aquellas malas noches que el clérigo le proporcionaba. Además, le dio en pensar que, como corría a su cama, o a su camastro, varias veces en la noche, gritando que era allí donde estaba la culebra, quizá le diera por remover las pajas con las que el camastro estaba hecho y acabara encontrando la llave, pues era debajo de sus pajas donde la escondía. De modo que, para estar más seguro, se la metió en la boca, igual que en otro tiempo hacía con las monedas que le robaba al ciego.

De eso de meterse la llave en la boca le vino la desgracia, y no porque se la tragara, sino precisamente por lo contrario.

Pues el caso fue así:

Cierta noche, estando Lázaro dormido y el clérigo desvelado, sucedió que la dichosa llave se movió en la boca del mozo, y una pequeña parte de ella quedó fuera. Como era hueca, cuando Lázaro respiraba profundamente, el aire de su boca se convertía en silbido.

Al oírlo, el clérigo se levantó al instante, creyendo que era la culebra la que silbaba. Llevaba el garrote en la mano y estaba firmemente decidido a acabar aquella misma noche con el perverso bicho.

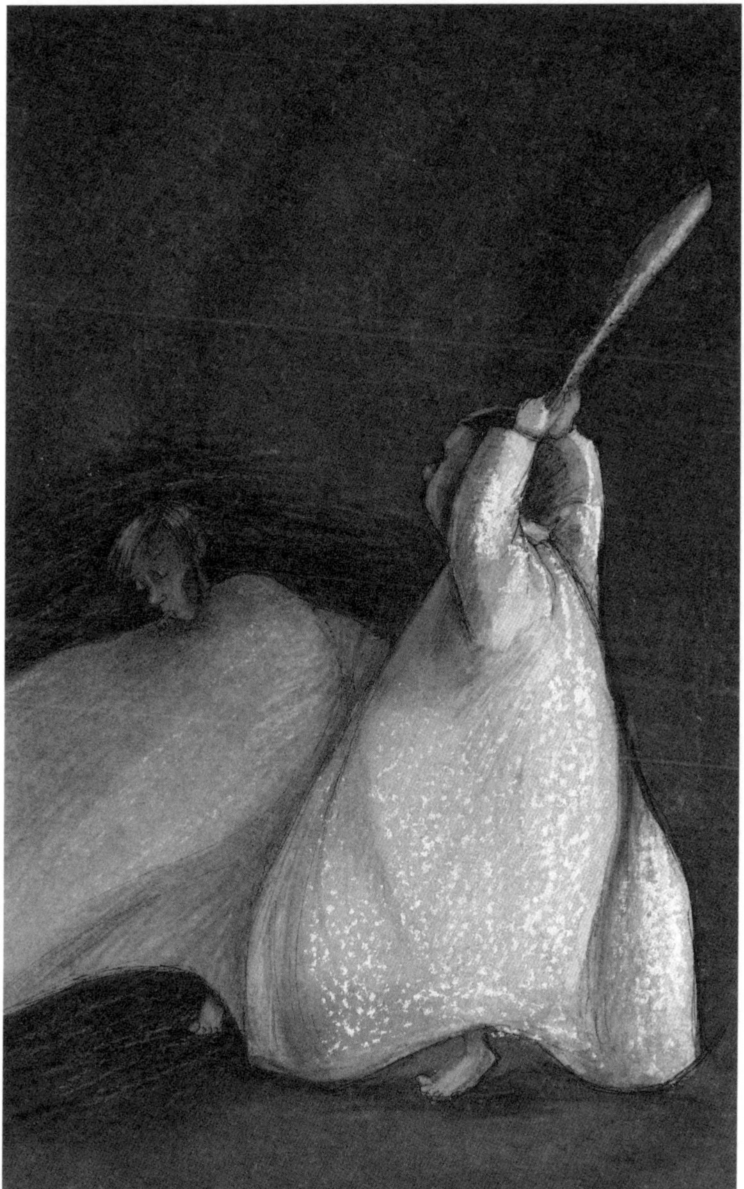

Así, cuando «la culebra» silbó de nuevo, descargó sobre ella, o, lo que es lo mismo, sobre la cara del pobre Lázaro, el más tremendo de los garrotazos.

Salió el mozo de un sueño para entrar en otro, pues a causa del golpe quedó el desdichado sangrando y sin sentido.

A todo esto se dio cuenta el clérigo de que no había golpeado a la culebra sino a su criado. Asustado, lo llamó a gritos, y, como no respondía, palpó su rostro ensangrentado. Luego, muerto de miedo, corrió en busca de una vela.

Cuando volvió con ella encontró al muchacho malherido, pero también encontró la llave y comprendió de golpe todo cuanto había sucedido.

–El ratón y la culebra que me daban guerra y se comían mis alimentos he hallado –exclamó, y se acercó a comprobar que la llave que acababa de encontrar entraba en la cerradura de su arca.

Tres días estuvo Lázaro sin sentido, y al cuarto despertó y se vio tumbado sobre las pajas de su camastro, con la cabeza llena de bálsamos y emplastos.

–¿Qué ha pasado? –preguntó sin recordar lo sucedido, pero le vino a la mente cuando el clérigo dijo:

–Al mismo tiempo cacé a los ratones y a la culebra.

Durante quince días estuvo el mozo reponiéndose. Entre varios vecinos lo cuidaban y le daban de comer; además, entraba en la casa una mujer vieja que rezaba por su salud.

Pasados los tales quince días se levantó del lecho, y después de un día más, el clérigo lo tomó de la mano, lo sacó a la puerta de la calle y, sin más, le dijo lo siguiente, o algo muy parecido:

–Ve con Dios, Lázaro, y búscate otro amo, que yo no quiero tener en mi compañía un criado tan listo y tramposo.

Después se santiguó, como si el mozo fuera un verdadero endemoniado, entró en su casa y cerró la puerta.

Y otra vez se vio Lázaro en el mundo, sin techo y sin comida. Nada tenía suyo, si no era el recuerdo de los golpes que había recibido.

Capítulo IX

El tercer amo

Desde Maqueda marchó el dolorido Lázaro a la ciudad de Toledo. En su rostro aún quedaban señales de las heridas, de modo que las gentes se compadecían de él y se mostraban generosas y amables. Así, casi sin que él hiciera otra cosa que alargar la mano, eran muchos los que le daban monedas o alimentos y le decían cosas parecidas a estas:

–Toma, mozo, y que Dios te ayude.

–Anda, muchacho, come, come, que bien te vendrá la comida para sanar.

Tan buenas palabras le decían y de tal modo lo socorrían, que llegó a creer Lázaro que las gentes de Toledo eran las más generosas y caritativas de este mundo, de manera que se dijo a sí mismo que esta vez había tenido suerte y se encontraba en el mejor de los sitios.

Agradecido, se puso a buscar en su corazón lo bueno que en él todavía quedaba. Y lo encontró sin demasiado esfuerzo, pues por naturaleza su corazón siempre fue bondadoso. Así, durante varios días se sintió dichoso y, a pesar de no tener casa, ni comida, ni amigos, le pareció que de todo eso tenía, y como nada le faltaba, hasta le cogió gusto a eso de tener el rostro un poquito dañado.

Pero sus heridas acabaron sanando por completo, y los mismos que antes le socorrían y le hablaban con amabilidad, entonces le gritaban:

–Eres un vago, mozo. ¡Anda!, ve, búscate un amo y gánate la vida por ti mismo.

–Vete y no nos importunes, Lázaro de Tormes, que bastante hemos hecho ya por ti.

El pobre y desilusionado Lázaro se dijo con tristeza que en Toledo la gente no era ni mejor ni peor que en otros sitios, y que de nuevo tenía que arreglárselas él solo.

De modo que de nuevo se puso a buscar amo: pero no era tan fácil, y, además, había tenido tan malas experiencias con los dos anteriores que temblaba de pensar en el tercero.

Pero como en su corazón, además de bondad, también quedaban todavía algunas esperanzas, creyó que esta vez podría ser distinto. Y distinta fue, por cierto, esta tercera vez.

No era su tercer amo un ruin ciego, ni un avaro clérigo, sino un verdadero señor, nacido en muy buena familia, que tenía el oficio de escudero.

Escudero era aquel que ayudaba a un caballero, le llevaba las armas cuando marchaba a la guerra, luchaba junto a él, le escuchaba y también le aconsejaba, tanto en tiempos de guerra como en tiempos de paz. Un escudero no era un simple criado, más bien se le podría llamar un compañero fiel.

Pues con un escudero se encontró cierto día Lázaro. Aunque desocupado, iba bien vestido y bien peinado, y marchaba derecho, estirado y a buen paso.

A pesar de todo esto, cuando se cruzó con Lázaro, lo miró amablemente. Él le devolvió la mirada también con amabilidad; pero con cierta sorpresa, y eso era porque ya estaba más que acostumbrado y harto de que, desde que había sanado, todo el mundo lo mirara con desprecio.

–¿Quizá estás buscando amo, muchacho? –le preguntó.

–¡Lo estoy buscando! –respondió al instante Lázaro, y eso fue porque aquel señor le hablaba con buen tono, y él estaba deseoso de oír buenas palabras.

Cuando el escudero escuchó la respuesta de Lázaro, pareció quedar muy satisfecho.

–Pues ven conmigo entonces –le dijo, dejando caer la mano sobre su hombro.

Lázaro se fue con él de muy buena gana, dando gracias a Dios porque aquel amo que había encontrado era justo el que necesitaba, el que había estado buscando desde el día en el que salió de su casa. Estaba seguro de que sería generoso. «¡Esta vez sí, esta vez no me equivoco! Repartirá conmigo todo lo que tenga», se decía más contento que unas pascuas.

Y no, no se equivocaba, esta vez no; por fin había encontrado el amo que estaba dispuesto a repartirlo todo con él.

Tan contento estaba que se puso a su lado y comenzó a caminar tal como él andaba: derecho y estirado, con ele-

gantes pasos, ni demasiado despacio ni demasiado deprisa, con la cabeza alta y la mirada tranquila, como marcha la gente satisfecha de la vida, y hasta se peinó el pelo un poco con los dedos.

Andando con elegancia recorrieron buena parte de la ciudad.

Todavía era muy de mañana; pero cada vez que pasaban por plazas y mercados donde estaban las tiendas de pan y otros alimentos, el estómago de Lázaro se ponía a saltar de júbilo, y él pensaba: «Me trae aquí para que yo cargue con sus compras». Y cuando pasaban de largo, seguía pensando: «No será esta tienda de su gusto, seguro que conoce otra mucho mejor».

Pero no debió su señor de encontrar tienda que le gustara, porque pasaron por varias de ellas sin que ante ninguna se detuviera.

Serían las once cuando al fin se detuvo; pero no fue para buscar el alimento del cuerpo, sino el del alma, porque escuchó misa muy devotamente, y luego dejó pasar el tiempo orando delante del altar mayor.

Lázaro lo miraba con admiración, y pensaba: «Es un hombre de Dios, un verdadero devoto, y por lo tanto ha de ser caritativo y justo».

Además de admirarle, Lázaro estaba decidido a imitarlo, de modo que oró, y esta vez de verdad, desde lo más hondo de su corazón, con la mirada baja y las manos hundidas, lo mismo que su señor rezaba.

–Y ahora, Lázaro, vamos a casa –dijo el escudero cuando salieron de la iglesia.

Al oír tales palabras, el corazón de Lázaro se desbocó de gozo y comenzó a repicar dentro de su pecho, como si fuera campana en día de fiesta.

¡A casa...! Por fin tenía un hogar, un verdadero hogar. El primero desde que salió de Salamanca, pues los otros lugares en los que vivió no fueron nada suyo.

El escudero comenzó a caminar por una calle abajo, y Lázaro pensó que sus pasos eran ligeros y decididos, como los de quien está deseando llegar. El mozo lo seguía más contento que unas castañuelas. «Vamos a casa, vamos a casa», parecían decir sus alegres y rápidos pasos.

Lo único que le extrañaba era que no se hubieran detenido en algún sitio para comprar alimentos. Sin embargo, enseguida comprendió que su señor no era de esos que adquieren lo que necesitan en el último momento, de modo que se decía a sí mismo: «Mi amo no ha comprado nada porque ya lo ha comprado todo. Se nota que es de esa clase de personas que siempre tienen la despensa llena. Cuando lleguemos, seguro que ha de estar la comida dispuesta, y lo único que yo he de hacer será ponerla sobre la mesa».

Pensando en una alegre mesa y en una abundante comida, se le hacía la boca agua y el espíritu se le inundaba de dicha, de modo que sonreía sin darse cuenta.

El reloj de una iglesia dio la una del mediodía, y justamente entonces se detuvo el escudero delante de una casa.

No cuenta mucho Lázaro de ella, quiero decir de lo que le pareció a primera vista, de modo que por fuera no debía de ser ni demasiado grande ni demasiado pequeña, aunque probablemente sería más grande que pequeña, porque en caso contrario a Lázaro le hubiera extrañado.

Cuando el escudero metió la llave en la cerradura, la sonrisa de Lázaro le llegaba de una a otra oreja. Pero, cuando su amo al fin abrió la puerta, la sonrisa se le convirtió en mueca: la entrada o el zaguán, que también puede llamarse así, era tan oscura y estrecha como la boca de un lobo.

Lázaro dio un paso atrás; pero no tuvo otro remedio que seguir a su amo. Se le escapó un suspiro de alivio cuando descubrió un patio pequeño aunque claro, al que enseguida llegaron.

Alrededor del dicho patio había algunas habitaciones abiertas. Desde lejos, bastante amplias parecían. Pero al entrar en ellas, sufrió Lázaro el segundo sobresalto, pues en su interior no había un solo mueble: todas, sin excepción, estaban vacías por completo.

Capítulo X

Una casa vacía

El sorprendido Lázaro no pudo pensar mucho, porque su señor amo se quitó la capa y preguntó:

–¿Tienes las manos limpias, Lázaro?

Lázaro no lo sabía, pues no era su costumbre preocuparse de tal cosa; pero respondió que sí, que él siempre las tenía como una patena.

–Eso está bien, muchacho. Ayúdame entonces a doblar la capa.

Con el mayor cuidado la doblaron, después de haberla sacudido a conciencia. La puso entonces el escudero sobre el único asiento que había en la habitación, que era uno de piedra pegado a la pared, y sentándose luego le hizo una señal a Lázaro para que se sentase junto a él.

Comprobó así el mozo que, tal como había pensado, su señor estaba dispuesto a compartir con él lo que tenía. Lo malo era que, por lo que había visto hasta el momento, apenas tenía nada; de todas formas, el gesto aumentó el aprecio que ya sentía hacia él.

Después hablaron largo y tendido. Quería saber el escudero de dónde era Lázaro, cuál había sido su vida hasta entonces y cómo había llegado a Toledo. Y todo esto se lo preguntó con la mayor de las amabilidades.

Respondió Lázaro a sus preguntas, también amablemente; pero no con toda la verdad, pues le parecía que algunas cosas no eran como para contárselas a un amo nuevo.

Hablando, dieron las dos en el reloj de la iglesia, y no había en aquella casa ninguna señal de comida. El tiempo continuó pasando, y nada se movía ni nadie decía nada, si no eran las tripas de Lázaro. Hasta que de pronto el escudero preguntó:

–¿Tú, Lázaro, has comido?

–No, señor, que cuando os encontré esta mañana aún no eran las ocho –respondió el mozo con la rapidez de una flecha.

–Pues mira, aunque era tan de mañana, yo ya había almorzado, y has de saber, muchacho, que tengo la costumbre de comer solo dos veces al día, de modo que procura contener tu hambre y alégrate pensando que esta noche cenarás.

Al oírlo, el pobre Lázaro comprendió que tampoco esta vez la suerte iba a ser su compañera, y se le vino a la mente la mucha hambre que hasta entonces había pasado y la mucha que le quedaba por pasar.

Pero con todo, no salió corriendo, como parecía lo natural, y fue porque pensó que, al menos, tenía un lugar en el que dormir a cubierto.

Pero no era únicamente esto lo que le movía a quedarse; también era que su amo se dirigía a él con buenas palabras, y él estaba muy necesitado de oírlas, pues había escuchado muy pocas en su vida, o, al menos, en los últimos tiempos.

En cuanto a eso de comer, ya se las arreglaría, como siempre se las había arreglado.

Por todo esto se dirigió al escudero y le dijo:

–Señor, mozo soy todavía y no me fatigo mucho por comer. De aguantar el hambre me puedo yo alabar, y por eso me alabaron también los amos que hasta ahora he tenido.

–Verdaderamente, esa es una virtud, y por ello te aprecio yo más, porque comer demasiado es cosa de animales, y comer con prudencia es cosa de hombres de bien.

Oyendo estas palabras, todavía con mayor claridad entendió Lázaro que en aquella casa no había, ni entonces, ni seguramente después, mucho con lo que saciarse.

Pasado cierto tiempo, se salió al oscuro portal y sacó algunos pedazos de pan que llevaba ocultos entre el pecho y la camisa. Eran de los que había conseguido el día anterior pidiendo en las calles por la caridad de Dios.

Al poco salió también el escudero, y viéndolo, le preguntó:

–Dime, muchacho, ¿qué comes?

Le enseñó Lázaro el pan, y, cogiéndole uno de los pedazos, dijo:

–¡Por mi vida, que no parece éste mal pan!

–¡Y tanto que no lo es!

–Y ¿sabes tú si ha sido amasado por manos limpias?

Se encogió Lázaro de hombros:

–Eso no lo sé yo, señor; pero, sea como sea, a mí me sabe bien.

Comenzó entonces a comer el escudero, con tantas ansias y tantas prisas que Lázaro llegó a pensar que iba a terminar demasiado pronto y a pedirle otro trozo de su pan, de manera que se apresuró lo que pudo y tragó como un gallo; de todas formas terminaron los dos al mismo tiempo.

Después de comer, bebió el escudero de un jarro que tenía al alcance de la mano, y después dijo:

–Bebe, mozo, a tu gusto.

–No bebo vino, señor –dijo Lázaro, aunque no era verdad, y lo dijo porque quería parecer bien.

–Es agua y no vino; bien puedes beberla sin temor.

Bebió Lázaro el agua y entendió que era esto lo único que había en la casa; pero bebió con gusto.

Después, y hasta que oscureció, no hicieron otra cosa sino hablar, y hablando les tomó la noche, y entonces el escudero dijo:

–Lázaro, ya es tarde, y de aquí a la tienda hay un buen trecho. Es sabido que en esta ciudad vive una gran cantidad de ladrones, que, siendo oscuro, andan a su aire; pasemos esta noche como podamos, que mañana será otro día y Dios nos ayudará.

–Señor, ninguna pena tenga de mí, que bien sé pasar una noche, y aún más, sin la necesidad de comer.

–Vivirás más, y más sano, porque no hay nada mejor en el mundo para vivir mucho que comer poco.

«Pues si es por eso, yo nunca moriré», pensó Lázaro.

Después se fueron los dos a dormir, sobre una dura cama, que era el único mueble que en la casa había, y que Lázaro no vio antes, aunque quizá fuera porque cama no parecía.

Y de nuevo comprobó el mozo que su señor era de los bien dispuestos a compartir, pues el lecho también compartieron, y así el uno se echó a los pies y el otro a la cabecera.

A la mañana siguiente, cuando Lázaro se levantó, estaba tan molido como si hubiera dormido en el suelo, lo que casi había hecho, pues la cama, de cama solo tenía el nombre, ya que era únicamente un delgado y durísimo colchón tendido sobre un armazón de cañas. Toda la noche estuvo clavándoselas en las costillas; pero no se atrevía a moverse para no despertar a su amo, porque a sí mismo se decía:

«Si yo noto la dureza de la cama, él también ha de notarla. Suerte ha tenido de dormirse tan pronto, y si llegara a desvelarse, podría sacarlo de algún buen sueño en el que estuviera metido. Quizá esté ahora soñando que tiene el estómago lleno. No te menees, Lázaro, pues no es de bien nacidos arrebatarle la felicidad al que la tiene, aunque sea soñando».

De todas formas, cuando estiró sus encogidos miembros, el pobrecillo se puso a pensar en la mucha hambre que tenía.

«¿Será este mi sino? ¿El no comer es lo que me espera, esté donde esté y sea quien sea mi amo, hasta el día de mi muerte?», se preguntaba entristecido.

Pero también pensaba en que su señor debería de tener la misma hambre que él tenía o quizá más, y allí estaba, lavándose y peinándose con el mayor cuidado y cepillando y alisando sus ropas como si fuera a visitar a un rey.

Una vez vestido, cogió el escudero su espada, la blandió en el aire y, mirándola con orgullo, dijo:

–¿Ves esta espada, Lázaro? Pues es de mayor valor que la del Cid; no hay bolsa de oro en el mundo por la que yo la diera.

Después se la puso en la cintura y se envolvió en la capa:

–Salgo a oír misa. Ten cuidado con la casa, mozo, y no la desampares ni un momento, no vayan a robarnos algo. Cuando bajes por agua al río, da tres vueltas a la llave y asegúrate de que la dejas bien cerrada.

Ni una palabra dijo sobre la comida, ni de cuándo volvería a casa.

Prometió Lázaro que daría tres vueltas a la llave si salía, aunque no sabía qué era lo que podían robarles, y luego, como respetuoso y buen criado, acompañó a su señor hasta la puerta, y así lo vio marchar calle arriba. Caminaba a buen paso, como el día anterior, con el cuerpo derecho

y elegante, con la cara tan alegre y tranquila como el más feliz y satisfecho de los hombres.

Mirándolo, Lázaro se decía a sí mismo:

«Cualquiera que lo vea creerá que, por lo menos, es el pariente cercano de algún duque. Bendito sea Dios, que si yo no supiera qué es lo que anoche cenamos y en qué cama dormimos, también pensaría lo mismo... ¡Ay, señor! Y todos estos disimulos son solo por aparentar lo que no es... Y cuántos habrá en el mundo que, como él, andan sufriendo por dentro y sonriendo por fuera con la única intención de que los demás crean que son felices».

Capítulo XI

Las cosas de la honra

Cuando el escudero dobló la esquina, entró Lázaro en la casa y, revolviéndola toda, comprobó que no había nada en ella que se pudiera robar. De todas formas, después de haber estirado la miserable cama, cogió el cántaro para bajar por agua y tuvo buen cuidado de dar las tres vueltas a la llave.

Desayunó aquella mañana, cerca del río, algunos tallos de acelgas que encontró en una vieja huerta medio abandonada. Luego regresó a casa, donde se estuvo mano sobre mano, pues aunque quiso barrer, no encontró escoba para hacerlo.

Y así fueron pasando las horas, iguales y vacías. Hasta las dos estuvo esperando a su amo, y de cuando en cuando se decía a sí mismo: «Vendrá tu señor, Lázaro, y esta vez traerá algo para comer», pero en el fondo sabía que sus esperanzas no iban a cumplirse.

Y no se cumplieron, de modo que al fin se echó a la calle porque no había modo de silenciar los lamentos de su desdichada barriga.

En la calle se plantó con la mirada tan humilde y el aspecto tan triste y encorvado, la voz tan temblorosa y débil, que a todos movía a compasión; además, sus pasos eran tan cortos e inseguros que parecía que estaba a punto de desmayarse.

Para pedir una caridad por amor de Dios llamó a las puertas de las casas de las gentes más ricas y principales, y se dio tan buena maña que les hizo creer que estaba a punto de dejar esta vida. Esas tales gentes, temerosas de que, si no lo socorrían, en cuanto llegara ante Dios lo primero que haría sería hablarle muy mal de ellas, se mostraron muy generosas. Y así, antes de las cuatro tenía al menos tres piezas de buen pan ocultas entre el pecho y la camisa, y otras tantas llevaba escondidas en las mangas.

Además de todo esto, consiguió que, en una tienda de carne, le dieran, también por amor de Dios, una buena cantidad de tripas cocidas y una apetitosa y cocida pata o uña de vaca.

Cuando llegó a casa, ya estaba allí su amo, con la capa bien doblada y paseando patio arriba patio abajo.

Pensó Lázaro que lo esperaba para regañarle por la tardanza, pero no fue así, porque lo único que hizo fue preguntarle, muy educadamente, que de dónde venía.

–Señor, hasta las dos os estuve esperando; pero viendo que no llegabais, me fui por la ciudad, y, empujado por cierto dolorcillo que tenía en el estómago, pedí a las buenas gentes que, por amor de Dios, aliviaran mi necesidad, y mirad, me han dado todo esto –le explicó Lázaro, y puso ante él los panes, las tripas y la uña de vaca.

Se le encendieron los ojos al escudero y al rostro le subieron las ansias que tenía; pero no lo demostró con palabras, al contrario, muy bien lo disimuló:

–Pues también yo te esperé un buen rato, y viendo que no venías, me decidí a comer solo. Pero tú has hecho bien, mozo, que, teniendo hambre, es mucho mejor pedir que no hurtar, aunque una cosa te ruego, y es que no cuentes a nadie que vives conmigo. Lo digo únicamente por salvar la honra, porque no crean que soy yo el que a pedir te manda. ¿Entiendes, Lázaro, que hay cosas que un hijo de noble familia, un hidalgo, nunca puede hacer, y, por lo tanto, nadie debe pensar que las hace?

–Lo entiendo muy bien, señor, y no paséis cuidado, que a mí nadie tiene que pedirme cuentas de nada, ni yo tengo por qué darlas.

–Y ahora, come, muchacho, come y piensa que pronto nos veremos sin necesidades, aunque me parece que hasta que salgamos de esta casa no estaremos libres de desdichas, pues, desde que en ella entré, todo me ha ido mal. Debe de ser por el suelo en el que está construida, pues hay casas desgraciadas y con mal pie, que contagian sus tristezas a los que en ellas viven. Pero yo te prometo, Lázaro, que pasado este mes hemos de abandonarla.

Después de oírle todo lo dicho, se sentó Lázaro en un escalón del patio y comenzó a comer con muy buen apetito. Disimuladamente miraba a su señor, que no quitaba los ojos de la comida. Sentía mucha lástima de él; pero no sabía qué hacer, pues pensaba que, si le invitaba, tendría que decir que no, puesto que antes afirmó que ya había comido, y, aunque bien sabía que esto no era cierto, de ninguna manera quería humillarlo. Así, pensando en el hambre de su amo, no gozaba el buen Lázaro de su comida.

Disimuladamente continuaba mirándolo, y disimuladamente seguía el escudero mirando los alimentos que él comía. De cuando en cuando, paseaba por el patio, alejándose y acercándose, hasta que en una de estas idas y venidas se detuvo a su lado y dijo:

–¿Sabes lo que pienso, Lázaro? Que comes con tanta gracia y alegría que da gusto verte. Estoy seguro de que no hay nadie en el mundo al que, mirándote, no le entren ganas de comer, aunque ya haya comido.

Vio el cielo abierto el mozo, pues le pareció haber encontrado el modo de invitarle sin molestarlo, de modo que así dijo:

–No es que yo tenga más gracia que otro para esto de la comida, lo que ocurre es que este pan está tan tierno y esta uña de vaca tan sabrosa y bien cocida, que a cualquiera se le abren las ganas de comer, aunque ya haya comido.

–¿Uña de vaca? –preguntó el escudero temblando de emoción.

–Sí, señor, uña de vaca.

–¿Sabes, Lázaro, que para mí no hay mejor bocado en el mundo? Fíjate que es mi comida favorita, al mismo faisán la prefiero... Y... ¿dices que está bien cocida?

–Probadla, señor, y os convenceréis por vos mismo –dijo Lázaro poniéndole una buena ración de uña sobre otra buena ración de pan blanco.

Se sentó el escudero al lado del mozo y comenzó a comer, primero despacio y educadamente, como si no tuviera muchas ganas. Pero el hambre pudo más que sus buenos modales, y enseguida sus bocados se volvieron como de lobo en invierno, de modo que acabó royendo los huesecillos uno por uno.

–¡Por Dios, qué buen manjar es este...! ¿Quieres creer, Lázaro, que me ha sabido tan bien como si hoy no hubiera probado bocado?

Lázaro se lo creyó sin dudar, pero no dijo nada porque no quería darle ningún pesar ni ponerlo en aprietos.

Así fue como se fueron amo y criado muy contentos a la cama. Seguramente de los dos era Lázaro el que tenía mayor alegría, pues con el gozo de su señor se doblaba el suyo.

Para no repetir demasiadas veces la misma cosa, baste decir que, durante ocho o diez días, vivieron de manera muy parecida: cada mañana salía el caballero, que era tan pobre como las más pobres ratas, disimulando que lo era, caminando despacio y despreocupado, bien vestido y bien peinado, con la cabeza alta, como anda la gente a la que nada le falta.

Nada tenía que hacer, pues, como era un hidalgo, por haber nacido en buena familia, no podía trabajar más que en lo que los hidalgos trabajaban, que en aquellos tiempos era en casi nada. Así sucedía que el que no era rico por sus padres se moría de hambre, eso sí, sin que nadie se enterara.

En cuanto a Lázaro, todos los días salía de casa, agachaba la cabeza, ponía ojos humildes, voz de enfermo incurable, y se iba por la ciudad a pedir por el amor de Dios, para su señor y para él, y mientras pedía se iba diciendo:

«¿Habrá alguien con peor suerte que la mía? Escapé de amos avaros y ruines y fui a dar con uno que no solo no me mantiene, sino al que tengo yo que mantener».

De todas formas, quería de verdad a su tercer amo, y así también se decía:

«Este es pobre, y nadie da lo que no tiene; pero el avariento ciego y el mezquino clérigo sí tenían y me mataban de hambre».

Tanto estimaba a su tercer amo que, viéndolo en necesidad, sufría al mismo tiempo que él; pero había algo que no le gustaba, y eran aquellos aires que se daba, y aquel vivir de fantasías, porque le parecía que, siendo tan pobre, eso de la honra no era más que una tontería y una manera de engañarse a sí mismo al mismo tiempo que a los demás; pero se lo perdonaba, porque tenía entendido que todos los hidalgos y caballeros se portaban de la misma forma.

Y así pasaron unos ocho o diez días; sin embargo, como no hay nada en este mundo que no pueda ser peor de lo que ya es, sucedió que cierta mañana oyó Lázaro un pregón en el que, por orden del alcalde, se prohibía, bajo pena de azotes, que los pobres que no hubieran nacido en la ciudad pudieran pedir caridad en ella.

Como en su vida había recibido tantos golpes, eso de los azotes le puso en muy gran espanto, y mucho más se espantó cuando vio llevar por la calle Real a una procesión de pobres azotados.

Después de eso, el mozo ya no se atrevía a salir de casa, y así dos días enteros pasaron sin probar bocado. Y si no hubiera sido por dos buenas vecinas que, a escondidas, le daban a Lázaro algo de comer, se hubieran muerto de hambre.

Mucho sufría Lázaro, no solo por su propia necesidad, sino también por la de su desdichado señor, que, a pesar de todo, se empeñaba en mantener su honra, y así, aunque en casa estuviera callado y entristecido, en cuanto salía a la calle cambiaba el rostro, sonreía y caminaba tan estirado como siempre, incluso algunas veces cogía una pajilla y hacía como si se sacara de los dientes algún resto de comida.

Lázaro no decía nada, pero por dentro se lo comían los diablos, y pensaba que, por más que lo intentara, nunca conseguiría entender nada de aquello de la honra.

Pero su señor, de aquella mala suerte culpaba a la vivienda, y así decía cada dos por tres:

–De todo esto que nos sucede la culpable es esta casa. Como ves, Lázaro, es estrecha, triste y oscura. Mientras estemos aquí hemos de padecer. Deseando estoy que se acabe este mes para salir de ella.

Capítulo XII

Más cosas de la honra

Cuando menos lo esperaba, recibió Lázaro una agradable sorpresa. Sucedió que cierto día en que el hambre decía a gritos: «¡No puedo aguantar más!», se presentó el escudero con una moneda. No era de mucho valor, pero era una moneda, y presentándosela al mozo como si fuera un tesoro, le dijo:

–Toma, Lázaro, que parece que Dios nos va abriendo su mano. Anda, muchacho, ve a la tienda y compra pan y carne... Y otra cosa te hago saber, para que te alegres, que he alquilado una nueva casa, y en muy pocos días nos iremos a ella y dejaremos esta. Ya verás cómo, desde ese momento, todo será distinto. Y ahora, date prisa, ve pronto y vuelve pronto, que hoy comeremos como condes.

Salió Lázaro a la carrera, más contento que unas pascuas, y no solo porque aquel día comerían, sino también porque veía que su amo estaba dispuesto a repartir con él la única moneda que tenía. Bien podía habérsela gastado en secreto y haber llenado su estómago a solas; pero si no lo había hecho era porque lo quería bien. Y eso de que alguien lo estimara era algo nuevo para Lázaro.

Pues tan feliz iba el muchacho con la moneda en la mano, corriendo calle abajo, cuando de pronto se fue a topar con un entierro. Tocaban las campanillas los monaguillos y rezaban los curas; pero eso a Lázaro no le preocupó porque ya lo había visto mil veces. Lo que sí le preocupó, y mucho, fue lo que iba gritando una mujer muy entristecida y enlutada que marchaba justo detrás del muerto:

–¡Ay, mi pobre marido, que te llevan a la casa triste y desdichada, a la casa oscura, a la casa estrecha, en la que nunca se come ni se bebe!

Al oír sus llorosos gritos, Lázaro sintió que el cielo se le juntaba con la tierra: ¿Qué casa más triste y desdichada, más oscura y estrecha, en la que nunca se bebía ni se comía podría haber en Toledo que no fuera la suya?

Sin ninguna duda sobre ello, se dio la vuelta el mozo y corrió espantado hacia su casa. Cuando llegó a ella, cerró la puerta con un tremendo golpe y gritó a su señor, despavorido:

–¡Señor, señor, corred, defendamos la entrada de la casa! ¡Por Dios, no abráis la puerta a nadie, que aquí quieren dejárnoslo!

–¿De qué me hablas, Lázaro? ¿Por qué gritas? ¿Por qué cierras la puerta con tal furia?

–Corred, y ayudadme a mantenerla bien cerrada, que aquí nos traen un muerto.

–¿Cómo es eso? Por fuerza te equivocas, Lázaro.

–Que no, señor, que lo encontré de frente y su mujer decía: «Marido, ¿adónde te llevan? ¡A la casa triste y oscu-

ra, a la casa donde nunca se come ni se bebe...!». Aquí, señor, nos lo traen.

Al oír a Lázaro, al caballero le dio por reír como, seguramente, hacía mucho tiempo que no lo hacía; tanto rió que no podía ni hablar, y las alegres lágrimas le corrían libremente por el rostro.

No comprendía Lázaro sus risas; pero mientras más insistía y protestaba, más se reía él, de modo que, sorprendido, enfadado y muerto de miedo, echó el cerrojo hasta el fondo y dejó caer el peso de su cuerpo contra la puerta, hasta que los curas, los monaguillos y la llorosa mujer pasaron de largo con el muerto. Solo entonces dejó Lázaro de temblar.

–Hacia la triste y estrecha tumba llevan a ese muerto, pero razón tenías, Lázaro, en pensar que era aquí a donde lo traían, porque esta casa es tan triste y desdichada, tan estrecha y oscura como la propia tumba –dijo el escudero todavía con algunas risas, y después añadió–: Y ahora, corre y vete por esa comida que con tantas ansias esperamos los dos.

Pero, a pesar de lo dicho por su señor, no salió Lázaro hasta que estuvo bien seguro de que el muerto y los que le acompañaban habían dejado la calle por completo.

–No sea que vuelvan y nos lo dejen –susurró todavía asustado.

Por fin comieron, pero Lázaro no disfrutó del todo de la comida, por lo menos no tanto como había soñado.

Lo que sí hicieron después de comer fue hablar de cosas de las que antes nunca habían hablado, o, mejor dicho, habló el escudero, demostrándole a Lázaro que, además de afecto, también le tenía confianza, y que más pensaba en él como amigo que como criado, lo que acabó de ensanchar el corazón del mozo. Así, supo algunas cosas que antes no sabía. Por ejemplo, supo que su señor no había nacido en tierras de Toledo, sino en otras que estaban más arriba, en algún lugar de Castilla la Vieja. También supo que había salido de ellas por ciertas discusiones o diferencias que tenía con un vecino suyo, un hombre principal y de familia más noble que la suya, por lo que siempre lo estaba humillando.

–¿Y en qué consistían esas diferencias? ¿Cuál era la causa de la discusión? –preguntó Lázaro.

–Discutíamos porque no estábamos de acuerdo en quién debía saludar el primero cuando nos encontrábamos, y en si él se quitaba o no se quitaba el sombrero del todo.

–¿Y qué más da eso? –se asombró Lázaro.

–Sí da, Lázaro, sí da, porque un hidalgo en nada es menos que otro hidalgo, y si yo lo saludo primero un día, al día siguiente él tiene que saludarme primero a mí, y si me quito el sombrero por completo cuando me cruzo con él, él debe corresponderme quitándoselo del todo; y no siempre lo hacía, Lázaro, no siempre. Por eso, porque no pude soportar una tal humillación, y para no volver a cruzármelo, abandoné mi casa.

Lázaro lo miraba boquiabierto, pues nunca había oído nada igual en su vida, claro que era la primera vez que entraba en el extraño mundo de los hidalgos. No podía comprender que lo de quitarse o no quitarse el sombrero por completo pudiera ser motivo de tanto enojo para alguien; aunque seguramente no lo entendía porque, como él jamás había llevado sombrero, nunca había pensado en quitárselo.

–¿Abandonasteis vuestra casa a causa de un sombrero...? No lo entiendo, señor, de verdad no lo entiendo –exclamó perplejo.

–Es cosa de la honra, Lázaro, eres muchacho todavía, por eso no lo entiendes. Yo soy un escudero, pero hidalgo; por lo tanto, si en la calle me topo con un conde y no se quita el sombrero por completo para saludarme, otra vez que lo encuentre fingiré que no lo he visto y me cruzaré a la otra parte y entraré en una casa cualquiera para no sufrir la humillación de que no vuelva a saludarme. Porque has de saber, Lázaro, que un hidalgo ante nadie se inclina en este mundo, sino ante Dios o ante el Rey, y hay cosas, ya sean palabras o sean hechos, que no ha de consentir jamás. Fíjate que cierta vez estuve a punto de ponerle las manos encima a un oficial porque cada vez que me cruzaba con él me decía lo mismo, y era algo que me ofendía de tal modo que, como ya te he dicho, estuve solo a dos dedos de golpearle.

–¿Qué era eso que tanto os ofendía, señor, qué os decía ese oficial?

–Me decía: «Que Dios mantenga a vuestra merced».

–¿Y no es buena manera de saludar a un hombre decirle que lo mantenga Dios?

–No lo es, Lázaro, si ese hombre ha nacido en noble casa, porque eso de que «Os mantenga Dios» solo se dice a la gente menuda, quiero decir, sin hidalguía. A la gente princi-

pal solo se le dice: «Beso las manos a vuestra merced». En fin, eso tampoco lo sufrí, Lázaro, ni lo sufriré, porque no hay en todo el mundo alguien a quien yo aguante que me diga: «Que os mantenga Dios».

Meneaba Lázaro la cabeza, pues cada vez se extrañaba más y entendía menos lo de aquella honra de la que hablaba su señor, y que a él le parecía necio orgullo. Pero no quería juzgarlo, porque quizá esas cosas no podían entenderlas las humildes gentes no nacidas en buenas cunas, y si esto era así, aún menos las podía entender él, que ni en cuna había nacido, sino en las húmedas arenas del río Tormes.

Además de esto, estaba dispuesto a pasar por alto cualquier defecto que su señor tuviera, fuera falso orgullo o cualquier otra cosa, pues no podía olvidar de qué manera le había abierto su corazón. Por ello se dijo a sí mismo: «Nadie es perfecto, Lázaro», y continuó escuchando al escudero, y esta vez sin juzgarlo.

Capítulo XIII

La deuda

–Es cosa de la honra, Lázaro –seguía diciendo el escudero–, y has de saber que, aunque yo no sea un hombre rico, tampoco soy demasiado pobre, pues allá en donde yo nací, que es entrando en Valladolid, tengo un solar para hacer casas, que si estuvieran construidas, valdrían mucho dinero, y tengo un palomar que, si no se hubiera caído, daría al año más de doscientos palomicos... Ya te he dicho, Lázaro, por qué dejé todo aquello; lo que no te he dicho es por qué llegué hasta aquí. Pues fue porque creí que en Toledo hallaría algún caballero, de noble y rica casa, que necesitara la ayuda de un buen escudero; pero no ha sucedido como pensé. Caballeros de media talla sí encuentro; pero no hay en sus medianas casas nada que mucho me aproveche, ni pagan bien ni creo que merezcan que yo les sirva. Es mi mala suerte, Lázaro. ¡Por Dios!, si yo topase con un señor de título, duque, conde o marqués, me parece que quedaría contento de mis buenos servicios. Porque yo, Lázaro, sé bien cómo se contenta a esos grandes señores, por lo menos tan bien como el que mejor lo sepa.

»Yo sabría mentirle, sin que se diera cuenta, y decirle lo que quisiera oír, y sabría reír todas sus gracias y ocurrencias, aunque no fueran ingeniosas, y no le diría nunca algo que le pesase, aunque lo mereciera. Y haría muy bien las cosas cuando me viera, y no tan bien cuando supiera que no me iba a ver; y reñiría a los criados cuando estuviera cerca, para que así creyera que estaba siempre atento al interés de su casa... En fin, y muchas más cosas por el estilo podría yo hacer tan bien como el que más. Porque has de saber, Lázaro, que en el día de hoy los grandes señores no quieren tener cerca de ellos a hombres justos y virtuosos, de esos que solo les digan las verdades; más bien los aborrecen, los tienen en poco y les llaman necios... En una palabra, son los astutos los que hoy en día prosperan en todos o en casi todos los palacios.

Volvía a menear Lázaro la cabeza, pensando que, por desgracia, su señor sólo decía la verdad; pero que, oyendo todo lo oído, casi se alegraba de no ser un hidalgo.

Aún continuaba hablando el escudero de las muchas virtudes que tenía, o creía tener, para tratar con los grandes señores cuando, de pronto, aparecieron en el mismísimo patio un hombre y una vieja. El hombre venía reclamando el alquiler de la casa, y la vieja, el alquiler de lo que ella llamaba cama, pero era camastro.

Contemplaba Lázaro la escena mudo de asombro e inquietud, pues el hombre y la vieja, ajustando el alquiler de todo un año, decían que su señor les debía una cantidad que sabían que no tenía.

Lázaro se mordía las uñas de ansiedad; pero el escudero no daba señales de estar nervioso, ni siquiera preocupado, y así dijo con palabras tranquilas, educadas y amables:

–Lo que me pedís es justo y está bien calculado; pero os ruego que volváis esta tarde sin falta y os pagaré de mil amores, porque el caso es que la única moneda que ahora tengo es de muchísimo valor y por tanto he de ir a cambiarla.

El hombre y la vieja se marcharon sin protestar, seguramente por lo educada y amablemente que el escudero los había tratado.

Cuando se quedaron solos, el sorprendido Lázaro no se atrevió a decir ni una sola palabra. El escudero tampoco explicó nada, pero sí dijo que salía a cambiar la valiosa moneda.

Lo miró perplejo Lázaro, y hasta llegó a decirse que quizá la tuviera reservada para la ocasión. De modo que se puso a esperarlo, y esperándolo pasaron las horas.

Por la tarde regresaron la vieja y el hombre, pero el escudero no regresó.

–Volved mañana, que se habrá entretenido –les dijo Lázaro, y siguió esperando.

Pero llegó la noche y su señor tampoco volvió. Entonces se sintió muy inquieto. Como la casa era tan triste y oscura, y como además, según decía su amo, estaba maldita, Lázaro, que al fin y al cabo todavía era un niño, comenzó a tener miedo de dormir solo en ella. Por eso fue a ver a las dos bondadosas ancianas que eran sus vecinas, y ellas le permitieron que durmiera en su casa.

Llegada la mañana corrió Lázaro a la suya con la esperanza de que el escudero estuviera allí, pero no estaba; los que sí estaban eran la vieja y el hombre.

–Llama a tu amo, mozo, y dile que venimos a cobrar lo que es nuestro –le dijeron.

–Mi amo no está en casa, y no sé dónde se halla; pero si queréis saber lo que yo pienso, os digo que creo que ha huido de vosotros y de mí.

Se echaron ellos las manos a la cabeza y enseguida mandaron llamar a un alguacil y a un escribano. El uno para que ordenara entrar en la casa, por las buenas o por las malas, y el otro, para que tomara nota de lo que había en ella y de lo que podían tomar como pago de lo que el escudero les debía.

Llegados ambos, le pidieron a Lázaro la llave, y entrando en la casa no encontraron nada de nada.

–¿Dónde están los bienes de tu amo, sus arcas, sus cuadros y tapices, sus alhajas…? –preguntaron al pobre muchacho.

–Yo no lo sé –respondió él, y muy verdaderamente, pero no le creyeron.

–Sin duda, durante la noche lo deben de haber sacado todo para esconderlo. Señor alguacil, prended a este mozo, que él sabe dónde está –dijo el hombre gritando como un poseso.

El alguacil cogió al asustado Lázaro por el cuello de la camisa y le dijo:

–Muchacho, ya eres preso, si no descubres los bienes de tu amo.

–Diré todo lo que sé –prometió Lázaro lloroso, pero lo que sabía seguía siendo casi nada–: Mi amo me dijo que tenía un solar sin casas y un palomar derrumbado.

–¿Y en qué parte de la ciudad está eso? –le preguntaron.

–En su tierra.

–¡Por Dios...!, que está bueno el negocio... Y ¿dónde está su tierra?

–En Castilla la Vieja.

Al oír la respuesta, se rieron con ganas el escribano y el alguacil, y volviéndose al hombre y a la vieja, dijeron:

–Pues muy lejos habréis de llegar para cobrar la deuda.

Aquellos dos, furiosos como estaban, seguían culpando a Lázaro y pidiéndole que dijera la verdad de una maldita vez o habría de ir de cabeza a la cárcel.

Muy mal le hubiera ido al pobrecillo Lázaro si sus buenas vecinas no hubieran hablado en su favor:

–Señores, este es un niño inocente que sirve a su amo solo desde hace unos pocos días y no sabe de él más de lo que ustedes saben.

Por fortuna para Lázaro, aquellas gentes creyeron a las ancianas y así lo dejaron en paz.

Pero la vieja, el hombre, el alguacil y el escribano se enredaron a gritos entre ellos, pues todos querían cobrar y no había quien pudiera pagar.

En cuanto a Lázaro, se quitó de en medio lo más pronto que pudo.

Y fue de este modo como acabó la historia con aquel su tercer amo, cuyo abandono sintió muy de verdad. Él mismo nos lo dice:

«Así me dejó mi pobre tercer amo, y fue una cosa extraña y muy al revés de lo que suele suceder, pues lo corriente es que sean los criados los que, por una u otra causa, dejen a sus señores; pero esta vez fue mi amo el que me dejó y huyó de mí».

De todas formas, Lázaro comprendía que al escudero no le quedaba otro remedio que desaparecer. De cosas de la honra él no entendía nada; pero de encontrarse en apuros y salir huyendo lo entendía casi todo.

Capítulo XIV

Un hombre feliz

Después del escudero, Lázaro tuvo algunos otros amos; pero de ninguno obtuvo beneficios de ninguna clase, pues ni le pagaron lo que le debían ni le dieron buenos ejemplos, sino todo lo contrario, de modo que el mozo acabó dejándolos, aunque no antes de haber aprendido con ellos alguna picardía más de las muchas que ya sabía.

Así, buscándose la vida como podía, se le fue pasando la niñez y se convirtió en un muchacho grande, sin más afectos que los que él mismo se tenía y sin más cuidados y enseñanzas que los que él mismo se procuraba.

Pero, al fin, un día, inesperadamente, cambió su suerte, y de mala se convirtió en… menos mala, aunque él la llama sencillamente buena; pero eso era porque tenía uno de esos caracteres que prefieren mirar las cosas siempre por su mejor lado.

El caso es que encontró al amo que le convenía. Ese tal amo le confió un asno y cuatro cántaros y lo puso a vender agua por toda la ciudad.

Lázaro dice que se daba mucha maña para las ventas, y como además tenía buena voz para pregonar el agua que llevaba, conseguía muchos beneficios para su nuevo amo y algunos para él.

Exactamente ganaba en una semana lo que el dueño del burro y de los cántaros en un solo día; pero a él le parecía suficiente, e incluso conseguía ahorrar un poco de su sueldo.

El trabajo de aguador fue de gran importancia para Lázaro, y así él mismo dice:

«Este fue el primer escalón que yo subí para llegar a alcanzar buena vida».

Para comenzar, era un trabajo honrado, y para continuar, también alegre. Quiero decir que servía para hacer felices a las gentes: ¿es o no una alegría eso de estar sediento y encontrarte con alguien que lleva agua de sobra…? Además, hay que tener en cuenta que Toledo es una ciudad con muchas cuestas, y que en verano el calor derrite hasta las piedras.

Lázaro dice que esta fue una buena época para él, y bien tuvo que serla, sobre todo pensando en otras, en las que cada dos por tres recibía un número incontable de insultos y de golpes o se moría de hambre. En cambio ahora tenía casa y sueldo, y recorría la ciudad tranquilamente marchando al lado de su buen asno. Manso sería por fuerza, pues a nadie se le ocurre llevar a un burro de mal genio o inquieto a vender por las calles. Y como Lázaro también tenía buen carácter, los dos harían buenas migas, y cuando se pararan para vender el agua, seguro que la gente, y aún más si había algún niño, charlaría con el mozo y le haría caricias al borrico en la frente.

Sí, fue una buena época aquella. Cuatro años duró, y en esos cuatro años, Lázaro, además de hacerse un hombre, también hizo amigos y ahorró lo necesario para comprarse ropas de persona importante. Claro que fue a adquirirlas en tiendas de lo viejo, es decir, que estaban más que usadas; pero a pesar de todo aún conservaban algo de su antigua elegancia.

Habría que ver la sonrisa de Lázaro el día en que salió a la calle vestido con jubón, sayo y capa, y además llevando una espada a la cintura.

Para el que no lo sepa, un jubón se parece bastante a una chaqueta, y un sayo es una especie de abrigo. Pues con todo eso encima, Lázaro caminaría como su tercer amo, despacio y estirado, con la cabeza alta.

Pero el caso fue que, viéndose de tal modo vestido, el oficio de aguador comenzó a parecerle poco:

«Después de que me vi con traje de hombre de bien le dije a mi amo que tomase su asno...».

Y enseguida el nuevo Lázaro se puso a buscar un nuevo oficio, de mayor categoría.

Y lo encontró: ¡el mejor de todos los que podía soñar!

Oigamos lo que cuenta:

«Con la ayuda que tuve de mis amigos, todos los trabajos y penalidades del pasado fueron bien pagados, pues conseguí un oficio real».

¡Un oficio real!, es decir, un oficio fijo, y no bajo las órdenes de cualquier amo, sino dependiendo directamente del gobierno de la ciudad, o sea, del Ayuntamiento de Toledo. En resumidas cuentas, Lázaro se convirtió en lo que hoy llamaríamos un funcionario.

Y este oficio real, que consiguió con ayuda de algunos amigos, fue el de ¡pregonero!, que a él le pareció el mejor de todos los empleos, aunque a otros no se lo pareciera tanto, pues, de todos los oficios reales, estaba en último lugar.

Pero a Lázaro, después de haber pasado tantas penalidades, no le importaba en qué lugar estaba. Era ¡oficio real!, y con eso bastaba.

Además, según él mismo dice, llegó a ser el mejor de todos los pregoneros, de modo que, si alguien quería pregonar alguna cosa, fuera lo que fuera, sabía que no iba a conseguir nada, o muy poco, si no era Lázaro de Tormes el que se lo pregonaba.

¿Era esto así o Lázaro exageraba...? Pues con respecto a esto no hay nada seguro, el caso era que Lázaro se consideraba importante, y como para él lo era, también se sentía satisfecho.

Y satisfecho me lo imagino, dijera la gente lo que dijera, marchando por las calles de Toledo, vestido con jubón, sayo y capa, y con su espada a la cintura, caminando despacio y deteniéndose de trecho en trecho para hacer sonar su brillante trompetilla y después gritar, pero no con voz descompuesta, sino con alta, sonora y autoritaria voz:

–Por orden del Señor Alcalde Corregidor, se hace saber...

La gente se pararía a su paso y escucharía, atentamente, a ¡Lázaro de Tormes! ¿Es que esto no era como para sentirse alegre...?

Y ya no habría nada más que contar, si no fuera porque el propio Lázaro acaba su historia diciendo que consiguió algo más que un buen oficio, pues también se casó, y, según añade, con una mujer que era hermosa y alegre y lo quería muchísimo. Sin embargo, la gente murmuraba diciendo que no, que no lo quería tanto, aunque alegre sí era, quizá demasiado, pues no paraba en casa y pasaba las horas de un lado para otro, entre risas y bromas. Pero Lázaro no escuchaba a la gente y se decía a sí mismo que ella lo quería más que a nadie. Y si, en alguna ocasión, le asaltaban las dudas y se preguntaba: «¿Será verdad lo que la gente dice?», se respondía enseguida: «Lázaro, no lo pienses...». Y si alguien le venía a contar algo malo de ella, él lo cortaba en seco y le decía: «Ni una palabra más, y recuerda que, digan lo que digan, para mí, no hay en Toledo una mujer más buena».

Pues bien, parece que con esto de no pensar y de no oír, Lázaro llegó a ser, o creyó que lo era, un hombre bastante feliz. Por lo menos durante algunos años, pues él acaba diciendo, como punto final a su historia, que esta fue la época más dichosa de toda su vida. Y no parece extraño, pues tenía un oficio seguro, una mujer alegre y, además, una casa a la cual regresar cada noche. ¿Qué más podía pedir alguien que, desde niño, no tuvo otra cosa sino golpes, pasó todas las hambres de este mundo y fue de un sitio a otro sin ningún techo fijo?

Yo me imagino a Lázaro volviendo del trabajo, por ejemplo, una tarde de abril. Con su jubón, su sayo y su capa, gastados, pero aún elegantes, caminando derecho y ligerito, lo mismo que andan los hidalgos. Al doblar una esquina se detiene: desde allí se distingue su casa. Es esa, estrecha y de una sola planta, la que tiene flores en las ventanas. La puerta está cerrada, pero la olla cuece. Lo sabe por el humo que sube desde la chimenea. ¡Esta vez su mujer ya ha llegado y lo espera preparando la cena!

La sonrisa se abre en los labios de Lázaro, y seguro que se dice a sí mismo: «¡Soy feliz!, sí, señor. ¿Qué me importa lo que la gente hable?».

Y después de esa época, que fue la más dichosa de su vida, ¿qué pasaría? ¿Seguiría Lázaro de Tormes siendo feliz durante mucho tiempo...? Pues no sé qué pensar, pero así lo deseo, firmemente...

Un libro para soñar

taller

Un libro para soñar

Cada libro es un río de palabras, un caudal de aventuras, un torrente de conocimientos...

Y precisamente, la historia que has leído cuenta que Lázaro de Tormes se asomó a este mundo ahí, junto al agua de un río. Y cuentan también los libros y los poetas que «nuestras vidas son ríos que van a dar a la mar».

Pues bien, la autora de este libro que tienes entre tus manos nos propone, ya en sus primeras páginas, que leamos entre líneas, es decir, que entendamos todo, todo, lo que los libros dicen, aunque sean cosas que no estén escritas.

Leer entre líneas es lo mismo que mirar el río y ver los peces del fondo, es llegar a comprender todo lo que dicen sus páginas y también todo lo que sus páginas callan.

De modo que aquel que acierta a leer entre líneas es como el buen pescador que sabe sacar a la superficie lo que descansa en lo profundo del río.

Ahora vamos tú y yo a adentrarnos en las profundidades de este libro.

1. A orillas del río Tormes

Lázaro fue a nacer en las orillas del río Tormes. Ahí había, además de molinos, huertas y praderas y bosques de chopos y álamos. Pero ese niño no tenía apenas nada. Un padre, una madre y una casa muy humilde.

a) *Explica cómo era la casa en la que nació Lázaro de Tormes, tal y como la describe la autora en el primer capítulo del libro.*

....

....

....

....

....

....

....

....

Por no tener, Lázaro no tenía ni juguetes... ¡Pero le sobraba imaginación para inventarlos él mismo! ¡Y seguro que era mucho más divertido que ir a comprarlos sin más!

«Sus juegos serían sin juguetes; tendría, eso sí, un caballo de palo, y su espada sería la rama de algún árbol, y quizá tuviera una pelota hecha con viejos trapos.

Jugaría a las guerras y haría un castillo en la arena, con almenas y torres, y también jugaría a perseguir a otros y a esconderse...».

b) *¡Pon a prueba tu imaginación! Si Lázaro se hacía un caballo con un palo, y una espada con una rama, y un castillo con la arena del río..., ¿cuántos juguetes podrías construirte tú con los siguientes elementos?*

Un estropajo

Una caja de cartón

Latas de refresco vacías

Piedrecitas

Botones

Cinta adhesiva

Papel de periódico

Una cuerda

Diseña tres juguetes, ponles nombre, descríbelos y dibújalos.

....

....

....

....

....

....

c) *Y ahora… ¡leamos un poco más entre líneas!*

Así como a Lázaro le faltaban juguetes, ¿cuántos te sobran a ti?

....

....

....

....

....

d) *Lázaro tampoco iba a la escuela, pues «los niños pobres no iban al colegio». Si leemos entre líneas, ¿qué quiere decir esta frase? Marca con una cruz.*

- *Que los niños pobres no iban al colegio porque no querían.*

  ☐ SÍ ☐ NO

- *Que los niños pobres no iban al colegio porque tenían que trabajar desde muy pequeños.*

  ☐ SÍ ☐ NO

- *Que los niños pobres no aprendían ni a leer ni a escribir.*

  ☐ SÍ ☐ NO

- *Que los niños pobres eran poco inteligentes.*

  ☐ SÍ ☐ NO

- *Que los niños pobres no tenían las mismas oportunidades que los niños ricos.*

  ☐ SÍ ☐ NO

2. ¡Algo terrible pasa!

A pesar de ser pobre, Lázaro vivió su primera infancia al lado del río, libre y feliz. Sus juegos –nos ha dicho la autora del libro– serían sin juguetes, pero jugaría a las guerras y haría un castillo en la arena, con almenas y torres, y jugaría a perseguir a otros y a esconderse... Lázaro, en su pobreza, tuvo una infancia feliz, pero pronto se vio truncada:

«Lázaro no lo entiende del todo; pero su madre llora, y los dos alguaciles se llevan a su padre prisionero. ¡Algo terrible pasa!

Cuando todos se marchan, Antonia y Lázaro vuelven despacio a casa. De repente, el día se les ha oscurecido y ya nada es lo mismo, ni el río, ni la aceña, ni las huertas, ni la ciudad a lo lejos... ¡Nada!».

Explica lo que pasó para que Lázaro tuviera que dejar el río e irse con su madre a la ciudad.

....

....

....

....

....

....

....

3. Mozo de muchos amos

Lázaro, nos dice la autora, había nacido con los puños cerrados y los ojos abiertos, lo que quiere decir que estaba dispuesto a luchar por la vida desde su primer día, costara lo que costara. Por eso, una vez que el destino se torció, ¡tuvo que hacer frente a la vida! Y así lo hizo: se puso a trabajar y fue mozo de muchos amos.

a) Señala a cuáles de los siguientes amos sirvió Lázaro:

Amos	Sí	No
A un ciego		
A un barbero		
A un capitán		
A un hidalgo		
A un médico		
A un clérigo		

b) *¿Con cuál de los amos a los que sirvió fue Lázaro más feliz?*

....

c) *¿Con cuál de ellos viajó más?*

....

d) *¿Qué amo le trató peor?*

....

e) *¿Cuál de ellos le trató mejor?*

....

f) *Observa estos objetos y di a qué amo pertenecen y con qué aventura se relacionan. Fíjate en el ejemplo:*

Objetos	Amo	Aventura
	Ciego	Lázaro hace un agujero en la jarra para poder beber el vino con una pajita.

Por tierras de España 4.

Lázaro abandona el hogar familiar con el alma cuajada de esperanzas. Desde ese momento, como mozo de muchos amos, tuvo que viajar por las tierras de España.

a) Indica qué lugares visitó:

Ciudades y pueblos	Sí	No
Salamanca		
Toledo		
Sevilla		
Maqueda		
León		
Escalona		
Torrijos		
Ávila		
Huelva		

b) *Busca en un mapa de España los sitios por los que anduvo el joven Lazarillo y dibuja su itinerario en tu cuaderno de trabajo.*

c) *La vida de un pícaro es siempre difícil; por eso Lázaro, para poder comer, se ve obligado a realizar los más diversos oficios.*

¿Cuáles de estos oficios realizó cuando era niño? ¿Y ya de mayor? Colorea los primeros de color verde y los segundos de color azul.

guía o lazarillo	**pregonero**
aguador	**criado**

¿Recuerdas en qué consistían cada uno de estos trabajos? Descríbelos brevemente.

Una historia para contar 5.

«Me pareció que, de golpe, despertaba de la inocencia que como niño tenía, y me dije a mí mismo: "Bien habla este, que lo que me conviene es estar despierto y vigilar, pues ya veo que estoy solo en el mundo, y, por lo tanto, yo mismo he de cuidar de mí"».

Realmente, la vida de Lázaro de Tormes era digna de ser contada. ¡Le sucedieron tantas cosas! ¡Se le ocurrieron tantas travesuras! ¡Y aprendió tanto de las desgracias!

Y sin embargo, en aquella época, las novelas solo narraban las aventuras de los grandes héroes y caballeros, no las de un pobre niño, huérfano y miserable.

Por eso... ¡fue el mismo Lázaro el que tuvo que contarnos su propia historia!

Y así lo hizo: nos dejó, escrito en primera persona, un testimonio de sus andanzas, desde que fue niño hasta que se hizo mayor. Por este motivo, decimos que la historia de Lázaro es una autobiografía.

a) Busca en el texto algún párrafo del libro en el que el Lazarillo habla directamente al lector (lo reconocerás porque va entre comillas) y cópialo en tu cuaderno.

b) Cuenta oralmente a tus compañeros en primera persona alguna anécdota graciosa que hayas protagonizado tú o alguien de tu familia.

6. Una historia para no olvidar

Realmente, la historia del Lazarillo de Tormes es una historia para no olvidar. Su lectura no nos deja indiferentes; acompañamos a Lázaro en sus aventuras y desventuras, y con él reímos y también lloramos. Pero ¿recuerdas tú todos los detalles de la historia que has leído?

¡Demuestra que eres un lector atento! Contesta correctamente a estas preguntas:

a) ¿Cómo se llamaba el padre de Lázaro?

- ☐ *Cosme.*
- ☐ *Antonio.*
- ☐ *Tomé.*

b) ¿Cómo se llamaba su padrastro?

- ☐ *Tomé.*
- ☐ *Cosme.*
- ☐ *Zaide.*

c) ¿Cómo se ganaba la vida la madre de Lázaro en Salamanca?

- ☐ *Lavando ropa.*
- ☐ *Guisando para los estudiantes.*
- ☐ *Limpiando casas.*

d) ¿Qué aprendió Lázaro del ciego?

- ☐ *A leer y a escribir.*
- ☐ *A freír longanizas.*
- ☐ *A mentir y a hacer burlas y trampas.*

e) *¿Por qué supo el astuto ciego que Lázaro había comido las uvas del racimo de tres en tres?*

☐ *Porque hablaba con la boca llena.*

☐ *Porque se acabaron en seguida.*

☐ *Porque él las comió de dos en dos y Lázaro no dijo nada.*

f) *¿Cómo consiguió Lázaro la llave para abrir el arca donde el avaro clérigo guardaba la comida?*

☐ *Robándosela al clérigo.*

☐ *Pidiéndole al calderero que le diera una copia.*

☐ *Quitándosela al calderero cuando estaba despistado.*

g) *¿Cómo era la casa del escudero?*

☐ *Pequeña, pero alegre y luminosa.*

☐ *Sin muebles, lóbrega y oscura.*

☐ *Lujosa y grande.*

h) *¿Por qué abandonó el hidalgo a Lázaro?*

☐ *Porque no lo quería.*

☐ *Porque se tuvo que ir a la guerra.*

☐ *Porque iban a prenderle a causa de las deudas que tenía.*

i) *¿Cuál fue el último trabajo que tuvo Lázaro de Tormes?*

☐ *Aguador.*

☐ *Pregonero.*

☐ *Lazarillo.*

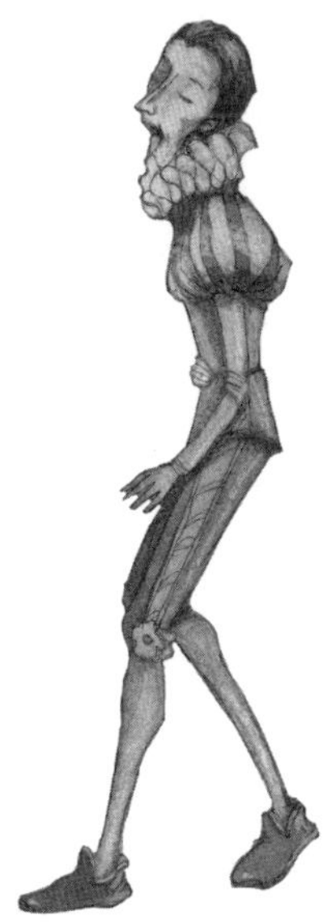

7. ¿Verdadero o falso?

Ya sabes que la necesidad hizo que Lázaro aguzara el ingenio. Ya con su primer amo despertó a la inocencia que como niño tenía y bien pronto se dio cuenta de que debía estar despierto y vigilar para cuidar de sí mismo. Y no pocas veces Lázaro acude a la mentira para protegerse.

A continuación encontrarás verdades y mentiras. Descubre cuáles de las siguientes afirmaciones son verdaderas y cuáles falsas.

a) El padre de Lázaro era molinero.

☐ *V* ☐ *F*

b) La primera ciudad en la que vivió Lázaro fue Toledo.

☐ *V* ☐ *F*

c) El padre de Lázaro era inocente de lo que se le acusaba.

☐ *V* ☐ *F*

d) Lázaro tomó su sobrenombre del río.

☐ *V* ☐ *F*

e) Lázaro no tuvo ningún hermano.

☐ *V* ☐ *F*

f) El primer amo de Lázaro fue el clérigo.

☐ *V* ☐ *F*

g) *Lázaro dice que el ciego fue, de todos los amos, el que más cosas le enseñó.*

☐ V ☐ F

h) *Lázaro estaba muy agradecido al ciego y lo quería mucho porque le había enseñado muchas cosas.*

☐ V ☐ F

i) *El clérigo expulsó a Lázaro por ladrón.*

☐ V ☐ F

j) *Lázaro se compadecía del hidalgo.*

☐ V ☐ F

8. Juglares de Lázaro

Lázaro, ya lo hemos dicho, no tenía juguetes. Pero jugaba a orillas del río Tormes, imaginando grandes batallas y sorprendentes aventuras:

«Y en su sueño, el burro se convierte en caballo y se llama *Babieca,* y él deja de ser Lázaro para ser ¡el Cid Campeador!: "¡Al ataque, *Babieca,* entramos en batalla…!"».

En la época en que vivió el joven Lazarillo, los chicos y los mayores escuchaban atentamente las noticias que traían los juglares que cada cierto tiempo llegaban al pueblo.

Estos juglares contaban las hazañas del Cid Campeador, que tanto gustaban a Lázaro y le hacían soñar, como aquella en la que se enfrenta al moro Abdalla:

El Cid y el moro Abdalla (Fragmento)

«Por el val de las estacas
pasó el Cid al mediodía
en su caballo Babieca
muy gruesa lanza traía;
va buscando al moro Abdalla,
que enojado le tenía.

Atravesando una loma
y por una cuesta arriba,
dábale el sol en las armas,
¡oh, qué bien que parecía!».

MENÉNDEZ PIDAL
Flor nueva de romances viejos
Espasa Calpe

Y es que los juglares y las gentes del pueblo cantaban romances protagonizados por sus héroes preferidos. ¡Pero como Lázaro no era un héroe, sino todo lo contrario, nadie le cantaba un romance!

a) *¿Te atreves tú a inventarte un romance sobre Lázaro de Tormes?*

Puede empezar así:

Al lado del río Tormes,
en un humilde molino,
una mujer dio a luz
al travieso Lazarillo.

Los juglares también cantaban romances de amor y de aventuras, como aquel de una mujer… ¡que se vistió de hombre para ir a la guerra!:

Romance de la doncella guerrera

«En Sevilla a un sevillano
siete hijos le dio Dios,
y tuvo la mala suerte
que ninguno fue varón.
La más chiquita de ellas
la llevó la inclinación
de ir a servir al rey
vestidita de varón.
–No vayas, hija, no vayas,
que te van a conocer;
que tienes el pelo muy largo
y dirán que eres mujer.
–Si tengo el pelito largo,
madre, córtemelo usted,
y con el pelo cortado
un varón pareceré.
Y al subir al caballo
la espada se le cayó;
por decir "¡maldita sea!"
dijo "maldita sea yo".
Siete años estuvo en guerra
y nadie la conoció,
solamente el hijo del rey,
que de ella se enamoró».

Romancero para niños
Ediciones de la Torre

b) *¿Te atreverías a aprender de memoria este romance y a recitarlo como si fueras un juglar?*

El camino del pícaro 9.

El Lazarillo y otros pícaros como él cambian, necesariamente, a lo largo de los años: no son la misma persona de niños que de mayores.

El Lazarillo era muy pobre, y poco a poco, a base de muchos trabajos y muchas penalidades, consiguió un cierto bienestar económico, ya cuando era adulto.

Hoy diríamos que fue alguien que se hizo a sí mismo, pues desde pequeño tuvo que luchar, sin unos padres que le apoyaran y le ayudaran en sus necesidades.

A continuación aparece el itinerario que ha seguido Lázaro en su camino por la vida. Pero algunas piezas están sueltas. Ordena las frases que aparecen en la página 153 y ponles el número que les corresponde siguiendo el orden cronológico de la historia.

1. Lázaro nace en el molino, a orillas del río Tormes.
2.
3. Entra al servicio del ciego.
4.
5. Lázaro le roba vino del cántaro al ciego.
6.
7. Lázaro comienza a odiar al ciego.
8. Lázaro engaña al ciego con las uvas, pero el astuto lo descubre.
9.
10.
11. Lázaro va a Torrijos.
12.
13. Lázaro le roba comida al clérigo sacándola del arca. Este descubre la llave y lo despide por ladrón.
14.
15.
16. Lázaro encuentra algunos otros amos.
17.
18. Se compra ropa de segunda mano y una espada.
19. Lázaro se casa.
20.

○ *El ciego le rompe el cántaro en la cara, hiriéndole.*

○ *Lázaro cambia la longaniza por un nabo; el ciego le mete los dedos y la nariz en la boca y le hace devolver lo comido.*

○ *El ciego le da una calabazada contra el toro, y Lázaro aprende que está solo en la vida y ha de cuidarse por sí mismo.*

○ *Va a Salamanca con su madre.*

○ *De Maqueda, viaja a Toledo y allí entra al servicio de un hidalgo.*

○ *De Torrijos, Lázaro se marcha a Maqueda y allí entra al servicio de un clérigo.*

○ *Lázaro trabaja como pregonero del Ayuntamiento de Toledo.*

○ *A pesar de las habladurías de la gente acerca de su mujer, él se siente muy feliz.*

○ *Lázaro abandona al ciego haciendo que salte con todas sus fuerzas contra un pilar de piedra.*

○ *El hidalgo huye, acosado por las deudas, y abandona a Lázaro.*

○ *Lázaro consigue un trabajo de aguador.*

10. Los árboles los mueve el viento

La autora del libro nos describe el lugar donde vivía Lázaro cuando era niño: un lugar lleno de «praderas y bosques de chopos y álamos». Si había muchos álamos, era una *alameda*. Si había muchos chopos, era una *chopera*.

¿Cómo se llama el sitio donde hay muchos...?	Palabra
pinos	
robles	
alcornoques	
zarzas	
árboles	
olmos	

Apilasacos 11.

La autora de este libro se imagina a Lázaro, todavía niño, acarreando sacos.

En cada uno de los recuadros hay una lista de palabras de la misma familia, pero algunas no están en el lugar adecuado. Escribe debajo de cada recuadro las palabras que le corresponden.

pan	panera	corredero
empanar	recorrer	plácido
empanada	empanadilla	placer
placidez	corredizo	panadería
displacer	corredor	correría
placentero	panadero	correr

....	....	....
....	....	....
....	....	....
....	....	....
....	....	....
....	....	....

12. ¿Qué quieren decir cuando dicen...?

Los afortunados que probaban las comidas que hacía la madre de Lázaro decían al probar la comida: «"Este guiso está para chuparse los dedos, Antonia…", "Resucita a los muertos…" y "Este niño tuyo vale su peso en oro…"».

Pero ¿sabes qué quieren decir exactamente cuando dicen…?

a) *Está para chuparse los dedos.*

....

b) *Resucita a los muertos.*

....

c) *Vale su peso en oro.*

....

d) *Es rápido como una liebre.*

....

e) *Es más listo que el hambre.*

....

f) *Es tan libre como los peces.*

....

13. Cóctel de adjetivos

Cada uno de los personajes que aparecen en la historia del Lazarillo de Tormes tiene una forma distinta de ser. ¿Cómo has visto tú a cada uno de ellos?

Relaciona mediante flechas cada adjetivo con el personaje que le corresponde.

pícaro
malicioso
borrachín
orgulloso
bruto
alegre
huérfano
amable
generoso
pulcro
avaro
listo
tramposo
egoísta
mentiroso
pobre

¡Elige a uno de estos personajes! Descríbelo con tus palabras, pero acuérdate de utilizar los adjetivos que le corresponden.

14. Ensalada de refranes

En el siglo XV, no mucho antes de que un autor anónimo escribiera el *Lazarillo de Tormes* (1554), la mayoría de la gente del pueblo no sabía leer ni escribir, pero tenía una gran sabiduría popular basada en el sentido común, que quedó reflejada en los refranes que han llegado hasta nosotros.

a) ¿Sabrías unir con una flecha cada comienzo del refrán con la parte que lo completa?

① El pícaro en el penal...	**... no mueve molino.**
② Agua pasada...	**... lo que producen no lo digas al vecino.**
③ Alacena de dos llaves...	**... se afila más en el mal.**
④ Quien con pícaros se amaña...	**... es de su misma calaña.**
⑤ Huerto y molino...	**... es echar agua en un saco.**
⑥ Ten tu arca bien cerrada...	**... la una entra cuando la otra sale.**
⑦ Favorecer a un bellaco...	**... y la llave bien guardada.**

b) *Di cuál de estos significados corresponde a cada uno de los anteriores refranes.*

- ○ *Que el pasado ya no influye en los hechos del presente.*
- ○ *Que hay que ser discreto y mantener en secreto lo que uno gana y las riquezas que posee.*
- ○ *Que la cárcel es para el recluso una escuela de malas costumbres.*
- ○ *Que si uno va con malas personas, algo debe tener en común con ellas.*
- ○ *Que si le haces un favor a una mala persona, nunca te lo agradecerá, ni te corresponderá.*
- ○ *Que si en cualquier asunto intervienen dos personas, se producen numerosos problemas.*
- ○ *Que hay que ser precavido y cuidar de los propios bienes materiales para que nadie los robe.*

c) *¿Sabrías completar ahora tú estos otros conocidos refranes?*

No por mucho madrugar ....

A quien madruga ....

La avaricia rompe ....

Tanto va el cántaro a la fuente ....

Quien a buen árbol se arrima ....

Más vale pájaro en mano ....

15. ¿Para quién es este verso?

Muchos poetas han dedicado sus más bellos poemas a personajes ilustres. Nosotros los vamos a imitar, escribiendo hermosos versos para los personajes de esta historia. Tú sólo tienes que decir a qué personaje se refiere cada uno.

De que ha robado, le acusan,
harina para hacer pan;
tan solo quería dar
a su mujer y a su hijo
algo de desayunar.

....

Qué longaniza más rara
esta que parece nabo.
Si la ha comido algún perro,
¡yo le cortaré el rabo!

....

Yo ni como ni trabajo.
Yo ni trabajo ni como.

....

Yo sé que la vida es dura
y que solo he de valerme,
pero quisiera un amigo
que pudiera comprenderme.

....

16. Sopa de pícaros

¿Sabías que después del Lazarillo hubo muchos otros pícaros que contaron las historias de sus vidas?

En esta sopa de letras encontrarás los nombres de los protagonistas que aparecen subrayados en los títulos de las siguientes novelas picarescas:

- La vida del buscón llamado don Pablos.
- El Guzmán de Alfarache.
- La pícara Justina.
- La vida del escudero Marcos de Obregón.
- La vida y hechos de Estebanillo González.

a) Resuelve la sopa de pícaros y, después, juntando las letras restantes, formarás un mensaje secreto sobre ellos.

E	T	O	D	O	P	I
S	M	C	A	R	P	O
T	E	A	S	P	A	O
E	B	R	R	E	B	Y
B	S	J	U	C	L	E
A	B	U	S	C	O	N
N	X	S	I	S	S	S
I	T	T	E	N	C	I
L	A	I	M	I	S	E
L	R	N	A	B	L	E
O	N	A	M	Z	U	G

Mensaje secreto:

....

....

....

....

17. ¿Un final feliz?

En las últimas páginas de este libro, su autora imagina cómo debió de continuar la vida de Lázaro:

«La sonrisa se abre en los labios de Lázaro, y seguro que se dice a sí mismo: "¡Soy feliz!, sí, señor. ¿Qué me importa lo que la gente hable?".

Y después de esa época, que fue la más dichosa de su vida, ¿qué pasaría? ¿Seguiría Lázaro de Tormes siendo feliz durante mucho tiempo…? Pues no sé qué pensar, pero así lo deseo, firmemente...».

a) *Una vez que hemos llegado al final, ¿cómo dirías tú que ha sido la vida del Lazarillo?*

- ☐ *Triste.*
- ☐ *Feliz.*
- ☐ *Ha tenido de todo.*

b) *¿Cómo crees que ha evolucionado el protagonista de esta historia?*

- ☐ *Muy bien.*
- ☐ *Muy mal.*
- ☐ *Bastante bien.*

c) *¿Cómo te parece que es, al final, la vida de Lázaro?*

- ☐ *Muy buena, pues tiene un trabajo fijo.*
- ☐ *Muy mala.*
- ☐ *Regular, porque tiene que aguantar las habladurías de la gente.*

Inventa un buen final 18.

¡Seguro que, como la autora de este texto, tú también deseas una vida feliz a Lázaro de Tormes!

Completa la historia desde el final conocido hasta la natural muerte del protagonista. Puedes elegir una o varias de las siguientes ideas:

- Lázaro tiene hijos.
- Lázaro encuentra un trabajo mejor.
- Lázaro se hace rico.
- Lázaro viaja a la recién descubierta América.
- Lázaro se hace alcalde de su pueblo.
- Lázaro es un viejo honorable.
- Lázaro muere tranquilo, un día, mientras pasea al lado del mismo río que lo vio nacer…

....

....

....

Y recuerda que
un libro es un río de palabras,
un caudal de aventuras,
un torrente de conocimientos.
Déjate llevar por ese caudal y…

¡Atrévete a abrir las páginas de muchos otros libros como este!

Índice

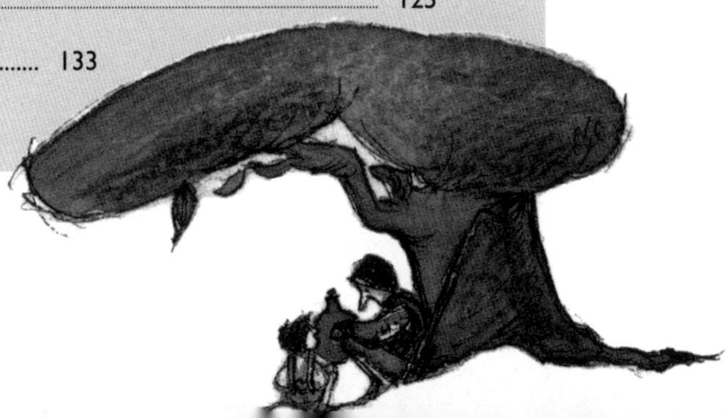